Markus J. Beyer

Der letzte Stich des Drachenkämpfers

D1664473

Markus J. Beyer

Der letzte STICH des Drachenkämpfers

KeRLE

Freiburg · Wien · Basel

Für Jonathan, der mir seinen Namen
für eine kleine Maus lieh

INHALT

Gauklerfest

„Kommt her, Leute, und schaut", rief der Junge laut in die dicht gedrängte Menge auf dem Marktplatz von Howarde. Howarde war ein kleines, fast vergessenes Fürstentum am Rande des großen Königreichs Frankreich, nicht viel mehr als eine Stadt mit einem prachtvollen Schloss über ihren Dächern. Nur wenige drehten den Kopf. Denn der Junge mit dem merkwürdigen kleinen Handwagen war gewiss nicht die einzige Attraktion. Heute war Gauklerfest, und es waren viele gekommen, um die Menschen der Stadt Howarde zu erfreuen. Feuerspucker bliesen züngelnde Flammen in den Himmel; Seiltänzer balancierten in schwindelerregender Höhe; Jongleure wirbelten scharfe Messer umher; Märchenerzähler zauberten Lächeln auf Kindergesichter; Magier ließen silberne Münzen verschwinden und in Lichtblitzen wieder auftauchen. Von den Essensständen stiegen herrliche Düfte auf; warmes Brot wurde gebrochen; ein Spanferkel drehte sich duftend am Spieß; Bier und Wein flossen in durstige Kehlen. Büchermacher woben Worte und Malereien wunderschön zusammen; Schmiede trieben Zierde in funkelndes Gold; Tuchhändler heischten mit Seide; Töpfer schrien laut wie Marktweiber.

Taschendiebe tauchten hinter wehenden Gewändern unter; Quacksalber priesen Tinkturen gegen den Schwarzen Tod an; Alchemisten flüsterten vom Stein der Weisen.

Kurzum, es war ein wildes, lautes, fröhliches Gewimmel aus bunten Kleidern, mannigfachen Stimmen und betörenden Düften, wie es die Stadt schon lange nicht mehr erlebt hatte. Viele waren aus den umliegenden Dörfern herbeigewandert, um das Spektakel mitzuerleben: Bauern, Handwerker, Eselstreiber, Tagelöhner, Warenträger, Kaufleute. Dazu die Bewohner der Stadt. Und dazwischen die eine oder andere Adlige vom Fürstenhof, begleitet von hochnäsigen Höflingen mit Puderperücken. Die Gardisten des Fürsten hatten alle Hände voll zu tun, um den Marktfrieden zu wahren.

In diesem lustvollen Durcheinander fiel der Gauklerjunge kaum auf. Er hatte einen schlechten Standplatz, nahe einer nach Urin stinkenden Gasse. Aber er war daran gewöhnt. Selbst in der Gauklergemeinschaft war er das unterste Glied.

Er hieß Elias. Er war zwölf Jahre alt, klein und gedrungen. Sein Wams war über und über mit bunten Flicken übersät, die er selbst aufgenäht hatte. Dunkelbraunes Haar lag ungekämmt auf seinem Kopf und verbarg kaum die abstehenden Ohren. Die haselnussbraunen Augen blickten verschmitzt drein. Manchmal aber, in besonderen, stillen Momenten, schauten sie traurig. Wie ein feucht glänzender Spiegel, der schon vieles in seinem Leben gesehen hatte – auch manches, das er besser nicht hätte sehen sollen.

Trotz seiner geringen Körpergröße, trotz des schlechten Standplatzes schaffte Elias es immer wieder, sich zwischen den anderen Gauklern zu behaupten. Denn er war findig und geschickt mit den Händen. Jorge hatte ihm so manchen Trick beigebracht. Und er hatte etwas, das kein anderer Gaukler besaß.

Er hatte Jonathan.

Eine Maus.

Elias hatte sie als letztes noch lebendes Mäusebaby in einem verlassenen Nest gefunden. Er hatte das zitternde Bündel mühselig aufgezogen – mit Ziegenmilch, die er der alten Kate stibitzt hatte. Jonathan wuchs schnell heran, wurde zutraulich wie ein Hund und schlauer als jede Katze.

Ja, Jonathan beherrschte so manches Kunststück, das die Leute amüsierte, Elias zu einigen Geldstücken und der Maus selbst zu ein paar Nüssen verhalf.

„Kommt her, Leute, und schaut", rief der Junge noch einmal. „Schaut ihn Euch an, den kleinen Ritter Jonathan. Ein Ritter, so winzig, wie Ihr noch keinen gesehen habt. Doch mit so viel Mut wie ein großer."

Ein paar Leute wurden jetzt doch neugierig.

„Der pelzige kleine Ritter", schrie Elias, „wird sich in ein waghalsiges Abenteuer stürzen und das zarte Burgfräulein aus großer Gefahr befreien."

Noch mehr Neugierige blieben stehen.

„Seht her, wertes Publikum!" Elias zog ein grobes Leinentuch von seinem Handkarren und offenbarte das

Modell einer Stadt. Eine mehrere Handbreit hohe Stadtmauer zog sich um eine quadratische Grundfläche vom Durchmesser eines kleinen Mühlsteines. Liebevoll waren Häuser auf die Mauer gemalt. Der freie Platz in der Mitte sah aus wie ein Marktplatz. In die vier Ecken war jeweils ein größeres Gebäude gebaut: eine Kirche, ein Turm, ein Wirtshaus und ein Palast. Jedes dieser Gebäude besaß zum Marktplatz hin einen offenen Eingang, so groß wie eine Männerfaust.

Elias wies auf den Turm. Rauch kräuselte sich aus einem offenen Fenster.

„Oh Graus", heulte er, „der Ort des Ungemachs! Dort haust ein grässlicher Drache!"

Der Rauch roch verdächtig nach Weihrauch. Elias hatte ihn in der Sakristei einer Kirche „gefunden". Wie er dort hineingelangt war, sollte er lieber niemandem erzählen.

Der Weihrauch tat seinen Zweck. Noch mehr Leute reckten die Hälse.

„Der Drache fiel in den Palast ein und raubte das Burgfräulein. Nun hält er es dort gefangen. Seht nur, oben auf dem Turm steht es und ruft um Hilfe."

Einige Zuschauer wollten sich enttäuscht abwenden. Denn das Burgfräulein war nur eine fingergroße, mit Heu und Stroh gefüllte Stoffpuppe. Rechtzeitig griff Elias in die Tasche seines Wamses und zog etwas Pelziges hervor. Er hob es hoch in die Luft.

„Doch dann kam Ritter Jonathan!", brüllte Elias so laut, wie er konnte.

Jetzt hatte er auch den letzten Rest Aufmerksamkeit. Der niedliche Jonathan war wirklich ein Augenschmaus. Er besaß hellbraunes, fast goldenes Fell – seidig und glänzend. Dazu bernsteinfarbene Knopfaugen. Er saß auf den Hinterpfoten und reckte Kopf und Oberkörper neugierig empor.

Und das Tollste war: Jonathan sah tatsächlich aus wie ein Ritter. Elias hatte ihm aus grauem Stoff ein Kostüm genäht. Ringpanzer und Kettenhaube. Eine rote Schärpe um den Bauch. Daran baumelte sogar ein winziges Holzschwert.

Aus der Menge kamen erstaunte Ausrufe und amüsiertes Glucksen.

„Oh, ist der niedlich", sagte eine Adlige, die eine grüne Haube auf dem Kopf trug. (Das sagte sie bestimmt nur jetzt. Begegnete ihr Jonathan *ohne* sein Kostüm in ihrem Gemach, würde sie wahrscheinlich laut kreischend das Weite suchen.)

„Und nun schaut her, werte Leute, wie der Kleinste das Größte vollbringt."

Elias streichelte die Maus sanft. Jonathan sah ihn aufmerksam an. Dann sprach der Junge laut und mit fester Stimme: „Jonathan, töte den Drachen." Dann setzte er die Maus auf den Marktplatz der Holzstadt. Jonathan reckte schnuppernd seine Schnauze in die Luft.

„Jonathan, töte den Drachen", wiederholte Elias.

Da tippelte Jonathan los. Direkt auf den Turm zu. Ein kleiner Ritter, der in den Kampf zog. Dazu schlug

Elias Schellen hinter seinem Rücken. Es klang wie das Klirren einer Rüstung. Schon verschwand Jonathan im Turm. Die Umstehenden hörten ein metallisches Klappern, dann erstarb die Rauchfahne. Der Geruch nach Weihrauch verflüchtigte sich.

Jonathan kam wieder aus dem Turm hervor und Elias rief: „Da ist er, der Held. Er hat den Drachen besiegt."

Lachen und Bravorufe gingen durch die Menge. Einige klatschten, und ein Bettelmönch schmunzelte: „O, das ist ja ein richtiger Sankt Georg, ein Drachentöter."

Elias strahlte. Jetzt kam die Sache in Fahrt. „Und nun, freundliches Publikum, wird Ritter Jonathan das Burgfräulein von den Zinnen des Turms herabholen."

„Ah", machten einige.

Die Maus saß auf den Hinterpfoten und blickte Elias erwartungsvoll an. Elias erwiderte den Blick und sprach: „Jonathan, rette das Burgfräulein! Rette das Burgfräulein!"

Sofort kletterte Jonathan den Palast hinauf. An die oberste Spitze war ein Bindfaden gebunden. Dieser führte quer über den Marktplatz bis zu den Zinnen des Turms. Ohne zu zögern, kletterte Jonathan auf den Faden und balancierte vorsichtig hinüber.

„Ha", lachte ein Fischhändler, der seine tranigen Finger über den dicken Wanst rieb. „Nicht nur ein Drachentöter, ein Seiltänzer ist er auch noch!"

Jonathan hatte das Ende des Fadens erreicht und

beschnupperte das Burgfräulein. Fast sah es so aus, als würde er es küssen.

„O", juchzten ein paar Zuschauer. Schließlich nahm Jonathan die Puppe vorsichtig ins Mäulchen und tippelte über den Bindfaden zurück zum Palast.

„Allerliebst", säuselte die Dame mit der grünen Haube vergnügt.

Jonathan hatte das Dach des Palasts erreicht. Elias nahm ihn auf die Hand. Das Burgfräulein ließ die Maus dabei nicht los.

„Er ist verliebt", kommentierte der dicke Fischhändler kichernd.

Elias räusperte sich. Jetzt kam der wichtigste Teil. Denn nur von der Vorstellung konnte er nicht leben. Aber sie hatte ihren Zweck erfüllt. Er hatte die volle Aufmerksamkeit und das Wohlwollen des Publikums. Laut sprach er: „Und nun, werte Anwesenden, dürft Ihr raten, in welches Haus Ritter Jonathan das Burgfräulein geleiten wird. In den Palast? In die Kirche vielleicht? Oder doch in das Wirtshaus? Oder gar zurück in den Turm? Aber ratet nicht nur, sondern setzt auch einen Sou auf das Gebäude Eurer Wahl."

„Schlaues Kerlchen", neckte ihn ein riesenhafter Hufschmied mit wüstem Vollbart.

Elias ließ sich nicht beirren: „Wenn Ritter Jonathan die Dame in das Haus Eurer Wahl bringt, so erhaltet Ihr Euren Einsatz doppelt zurück. Wählt er ein anderes Haus, so habt Ihr leider verloren."

„Ah, ein Wettspiel", raunte der Fischhändler. „Ganz nach meinem Geschmack." Schon kramte er in seiner Hosentasche.

„Also, wie ist es, werte Damen und Herren? Habt Ihr Lust auf eine Runde Mausroulette?"

Hausroulette

„Macht Eure Einsätze und wählt Euer Haus", forderte Elias.

Der Fischhändler hielt einen Sou hoch. „Einen kann ich wohl opfern."

Elias hatte das verräterische feine Klimpern genau vernommen. In der Hosentasche des Fischhändlers waren wesentlich mehr.

„So wählt Euer Haus", sagte er.

Der Fischhändler überlegte nur kurz, dann legte er den Sou auf das Wirtshaus und lachte: „Na, dort geht er hin mit ihr, der feine Herr Jonathan. Wer ein Drachentöter ist und ein Seiltänzer, der hat auch Durst."

Ein weiterer Sou klimperte auf das Dach der Kirche. Der Bettelmönch hatte tief in seine Kutte gegriffen und es verlegen hervorgebracht. „In die Kirche gehen die beiden", sagte er mit dünner Stimme. „Dort wird Hochzeit gehalten."

„Ha", machte der Hufschmied und zog eine Münze aus seiner Lederschürze. „Bei meinem Hammer", knurrte er und hob tatsächlich einen Schmiedehammer in die Höhe, „er wird das Weib in den Turm bringen. Dort liegt gewiss ein Drachenschatz. Wer Hochzeit halten will, braucht Geld für den Pfaffen." Den letzten Satz tönte er so laut dem Bettelmönch entgegen, dass dieser erschrocken zurücktaumelte.

Die Umstehenden lachten.

„Das läuft ja wie geschmiert", dachte Elias. „Nun, ein Haus ist noch frei. Glaubt denn niemand, dass der Ritter Jonathan das Burgfräulein nach Hause geleiten wird? In den Palast?" Dabei sah er lächelnd die Adlige an. Diese flüsterte ihrem Verehrer etwas zu. Der Mann, der einen geckenhaften Mantelrock mit polierten Goldknöpfen trug, zierte sich erst, dann zog er aber doch seinen samtenen Geldbeutel hervor. Schon lag ein Sou auf dem Palast.

„Und nun wollen wir sehen, wie sich Ritter Jonathan entscheidet", sprach Elias. „Jonathan, geleite die Dame!"

Elias hatte ums Überleben kämpfen müssen, seit seine Eltern tot waren. Die Gaukler, bei denen er lebte, hatten ihm beigebracht, wie man sich durchs Leben schlägt. Und dazu gehörte, auch einmal die Regeln etwas zu seinen Gunsten zu beugen. Es war nicht schwierig gewesen, dem schlauen Jonathan all diese Kunststücke beizubringen. Den wichtigsten Trick allerdings wandte er jetzt an. Elias hatte mit der Maus geheime Zeichen eingeübt, damit Jonathan genau wusste, in welches Häuschen er laufen musste.

Während er ihn jetzt stolz der Menge zeigte und ihm liebevoll das Fell zauste, streichelte er unbemerkt Jonathans rechte Hinterpfote. Jonathan verstand, ohne dass es irgendjemandem aufgefallen wäre.

Rechtes Hinterbein bedeutete: Er sollte in die rechte

hintere Ecke der lustigen kleinen Stadt laufen, also in das Wirtshaus. Schon wurde er von seinem Freund auf den Marktplatz gesetzt. Und los ging es. Die kleine Stoffpuppe, in der immer eine Nuss versteckt war, hielt er dabei fest in seinem Mäulchen.

„Jonathan, geleite die Dame."

Jonathan machte seine Sache wirklich gut. Die Puppe mit sich tragend wuselte er über den Marktplatz, verharrte mal vor diesem, mal vor jenem Eingang. Die Spieler fieberten mit, versuchten ihn zu locken, hofften oder bangten, je nachdem, welchem Haus sich die Maus näherte.

Schließlich trug Jonathan das Burgfräulein ins Wirtshaus.

„Das Wirtshaus war die richtige Wahl", verkündete Elias, strich die andern Sous ein und legte auf das Wirtshaus eine zweite Münze. „Ihr habt gewonnen", sagte er zum Fischhändler.

„Prachtvoller Bursche", juchzte der Fischhändler, fuhr sich mit seinen Tranfingern über die Glatze und wollte schon nach den Geldstücken greifen, als Elias ihn ansprach: „Seid Ihr mutig genug, eine zweite Runde zu wagen?"

Der Fischhändler stutzte.

Elias grinste innerlich. Natürlich würde er weitermachen. Wenn er eines bei den Gauklern gelernt hatte, dann war es Menschenkenntnis. Die meisten waren so leicht zu durchschauen. Dieser Mann würde weiterspielen. Und auch noch mehr riskieren.

„Aber sicher doch", sagte er jetzt. „Ich lasse beide Sous liegen. Diese Maus mag mich."

„Und Ihr, werte Dame und Herren, wagt auch Ihr ein weiteres Spiel? Oder lasst Ihr Euch von der Enttäuschung die Laune verderben?"

„Wusste ich es doch", dachte Elias. Der Bettelmönch hatte sich klammheimlich davongeschlichen. Doch der Hufschmied hatte schon eine neue Münze auf den Turm gelegt. „Ich nagle das Glück unter die Hufe von Pferden", rief er dabei. „Da wird es doch eine kleine Maus nicht mit Pfoten treten."

Wieder lachten einige.

„Und was ist mit Euch, hohe Dame, die Ihr gewiss eine Prinzessin seid? Lasst Ihr das Burgfräulein im Stich?"

Die Adlige errötete leicht, schob sich verlegen die Haube zurecht und tuschelte ihrem Begleiter etwas ins Ohr. Der Geck legte seufzend einen Sou auf den Palast.

„Und die Kirche?", rief der Junge jetzt. Es klang empört. „Vertraut denn niemand der Kirche?"

Ein fromm aussehender Schreiberling ließ sich nicht lumpen. Die spitzen Lippen kniff er schweigend zusammen, als er einen Sou setzte.

„Neues Spiel, neues Glück", rief Elias, kraulte Jonathan und berührte wieder heimlich das rechte Hinterbein. „Jonathan, geleite die Dame!", sagte er dazu.

Das Spiel wiederholte sich. Jonathan tippelte los, blieb stehen, täuschte an. Immerzu hielt er die Puppe im Maul. Es sah wirklich so aus, als suche ein winziges Liebespärchen nach seinem Weg durch die Holzstadt.

Der Weg endete wieder im Wirtshaus.

„Der Knabe gefällt mir!", brüllte der Fischhändler und schlug sich lachend auf die Oberschenkel. „Mir scheint, dein kleiner Ritter ist ein Säufer."

„Wart ab", dachte Elias, „dir wird das Lachen noch vergehen." Aber zunächst galt es, in andere Richtung vorzubeugen. Der Hufschmied war sichtlich verdrießlich geworden. Sein Hammer klatschte mehrmals in die andere Hand.

„Bevor Ihr Unrecht wittert", redete Elias ihn an. „Es ist kein Trick dabei. Seht selbst!" Er hob nacheinander die vier Dächer ab. „Seht Ihr. Alle Häuser sind von innen gleich. Und kein verstecktes Futter lockt die Maus ins Wirtshaus."

Der Fischhändler johlte vor Vergnügen. „In die Taverne geh ich gerne, im Turm sitzt der Wurm!"

Verärgert blitzte der Hufschmied ihn an, ließ aber stumm den Hammer sinken.

Elias sah in die Runde. Es wurde Zeit, das Spiel zu beenden. Er wusste, so leicht wie die Menschen für Jonathan und sein Spiel entflammten, so schnell verlöschte ihre Begeisterung auch wieder. Wie bei einem Strohfeuer.

Die Adlige raffte bereits ihre Röcke und ließ sich von dem Geck durch die Menge geleiten. Doch die drei Männer würden sich noch zu einem letzten Spiel überreden lassen. Er musste es nur geschickt anstellen.

„Aller guten Dinge sind drei", rief er. „Ein letztes Mal wird Ritter Jonathan seine Dame geleiten. Wollt

Ihr ihm noch einmal dabei die Ehre erweisen, so wählt Euer Haus, edle Herren!"

Der Fischhändler sah mit glänzenden Augen auf die vier Sous, die sich inzwischen auf dem Dach seines Hauses türmten. „Natürlich mache ich mit", frohlockte er. Dann griff er in die Hosentasche und legte vier weitere Sous hinzu. „Ich setze sogar acht Sous auf diesen prachtvollen kleinen Ritter, der sich im Wirtshaus am wohlsten fühlt."

Der Schreiberling verkniff sein Gesicht noch mehr, schwieg weiterhin, setzte aber ebenfalls wieder auf die Kirche. Diesmal zwei Sous.

„Also gut", räusperte sich der Hufschmied. „Niemand soll sagen, ein Schmied scheue das Risiko. Allenfalls scheuen die Pferde vor dem Schmied."

Es lachte kaum noch jemand. Alle schauten gebannt auf das Mausroulette, als der Schmied sogar drei Sous auf den Turm setzte. Auf den Palast setzte niemand.

„Also gut", rief Elias laut. „Das letzte Spiel des Tages, werte Herrschaften. Wohin wird Mausritter Jonathan das Burgfräulein diesmal führen? Ins Wirtshaus, wie der Herr Fischhändler glaubt? Oder doch in den Turm des Hufschmieds? Oder wird diesmal der ehrenwerte Herr Schreiber gewinnen? Oder verlieren alle, wenn Ritter Jonathan den Palast wählt?"

Der Hufschmied schaute jetzt mürrisch drein, dem Schreiberling war keine Regung anzumerken. Doch der Fischhändler streichelte sich unentwegt glucksend den Bauch.

„So, mein dicker Fischhändler", dachte Elias, „diesmal geht's dir an den Kragen. Der Schreiberling wird auch verlieren. Aber der Schmied muss diesmal gewinnen, sonst haut er mir hier alles zu Klump." Er rechnete schnell nach. Wenn er dem Schmied seinen Gewinn auszahlte, hatte er alles in allem zehn Sous. Das war viel für einen Gauklerjungen. In Gedanken roch er schon den duftenden Brotlaib, den er davon kaufen konnte. Und ein Stück Käse dazu.

Er streichelte die Maus in seiner Hand und sprach: „Jonathan, geleite die Dame!" Dabei streichelte er das rechte Vorderbein.

Jonathan verstand. Rechtes Vorderbein. Rechte Ecke vorne. Turm.

Und los ging es.

Dem Fischhändler erstarb das Glucksen, als Jonathan im Turm verschwand und Elias schnell die acht Sous einstrich. „Leider habt Ihr diesmal verloren", sagte er. „Und Ihr, glücklicher Hufschmied, habt diesmal gewonnen." Er legte ihm drei Münzen zu seinen hinzu.

Jetzt lachte der Hufschmied dröhnend, nahm das Geld, und bevor der Fischhändler auffahren konnte, schlug er ihm freundschaftlich auf die Schulter. „Sei ein guter Verlierer, dicker Fischhändler. Und lass den Jungen in Frieden. Wir hatten unseren Spaß. Komm, ich lade dich auf einen Krug Bier ein. Dich auch, Schreiber."

Der Schreiber nickte, immer noch wortlos. Der Fischhändler brummte gnädig.

„Das läuft ja wie geschmiert", dachte Elias, steckte das gewonnene Geld in eine Tasche seines Wamses, Jonathan in die andere und machte sich daran, seinen Karren zu packen.

„Nicht so schnell!", mischte sich da eine neue Stimme ein. Sie klang kalt wie Stahl. Wie tödlicher Stahl.

Dornstahl

Der Mann, der gesprochen hatte, wirkte wie eine gespannte Feder, war mittelgroß und drahtig. Er hatte sich die ganze Zeit im Hintergrund gehalten und Elias und seine Maus beobachtet. Jetzt baute er sich vor dem Handkarren auf. Er war ein Soldat. Mehr als das, ein Hauptmann im schillernden Gewand der fürstlichen Schlossgarde.

Die Menge hatte ihm respektvoll Platz gemacht. Der Fischhändler und der Schreiberling waren nicht mehr zu sehen. Vermutlich saßen sie schon in der Taverne beim Würfelspiel. Nur der Hufschmied stellte sich jetzt neugierig neben den Mann. Er überragte den Neuankömmling um mehr als einen Kopf.

Der Hauptmann zog das Tuch wieder von Elias' Handkarren herunter und musterte das Stadtmodell. „Eine nette kleine Stadt hast du da", sagte er, doch seine Stimme klang weder freundlich noch warm. Elias versuchte, in seinem Gesicht zu lesen. Es war hart wie das vieler Soldaten, die Wangenknochen ausgeprägt, die Kiefer wie von einem Raubtier. Am linken Ohrläppchen trug er einen silbernen Knopf in der Form eines Totenschädels. Der Haarschopf war nicht zu erkennen, sondern unter einem breitkrempigen Hut mit Pfauenfeder verborgen. Aber vermutlich war er so rot wie der Unterlippenbart.

„Natürlich nicht so beeindruckend wie deine kleine Maus."

Elias schauderte, als der Mann aufsah. Das Bärtchen war geformt wie ein Dolch – ein blutiger Dolch. Und die Augen waren hell und starr, schimmerten mal grünlich, mal bläulich. Wie moosiges Eis, wie verharschte Flechten.

„Gefährlich", schoss es Elias durch den Kopf. Dieser Mann war in höchstem Maße gefährlich. Das spürte er bis in die Haarspitzen. Schweißperlen bildeten sich auf seiner Stirn.

Der Hauptmann schien nicht darauf zu achten. Unbekümmert fuhr er fort: „Ich möchte ein Spielchen mit dir machen."

„Das glaube ich dir", dachte Elias. Die Frage war nur, welches. Sicherlich eines, bei dem Elias der Verlierer sein würde. Verzweifelt suchte er nach einem Ausweg. Vielleicht mit Schmeichelei? So ruhig wie möglich erwiderte er: „Wie Ihr wünscht, General. Ihr seid doch gewiss einer, so prachtvoll, wie Ihr ausschaut."

Der Hauptmann verzog die Lippen zu einem hässlichen Grinsen. „Nur Hauptmann, mein kleiner Gaukler. Hauptmann Tornstahl nennt man mich. Und ich mag es gar nicht, wenn man mir zu nah auf die Pelle rückt!" Die letzten Worte waren an den Schmied gerichtet, der sich ganz dicht herangeschoben hatte. Eine Weile maßen sich die beiden mit starrem Blick. Dann ließ der Hufschmied flackernd die Augen sinken und trat einen Schritt zurück.

Es war klar, wer hier das Sagen hatte.

„Hol deine Maus wieder heraus. Oder verprasst der kleine Ritter schon seinen Gewinn?"

Elias versuchte es mit Humor. „O nein, er ist ein treu sorgender Mäuserich, der seinen Lohn stets ins heimische Nest trägt, wo ihn eine liebende Mäusin erwartet."

Der Hufschmied lachte auf, doch der Hauptmann verzog keine Miene.

„So viel zu Schmeichelei und Humor", dachte Elias und biss sich auf die Lippe.

Tornstahl zog einen ledernen Geldbeutel aus dem Waffenrock und zählte zehn Sous in die Hand. „Ich setze diese Sous gegen deine."

Elias spürte ein Zittern in den Beinen. Dieser Mann hatte ihn genau beobachtet und wusste, wie viele Sous er heute verdient hatte. Hoffentlich wusste er nicht noch mehr. Am liebsten wäre Elias weggelaufen. Doch dieser armselige Handkarren und dieses einfache Holzstädtchen waren sein ganzes Vermögen. Ohne es blieb ihm nur das Betteln. Oder das Stehlen. Elias hasste das Betteln. Und das Stehlen war noch gefährlicher als seine kleinen Tricks beim Mausroulette. Er atmete tief durch. Also gut, er würde sein Hab und Gut verteidigen. „Wie Ihr wünscht, Hauptmann."

Die Menge war wieder näher getreten, hielt aber einen Schritt Abstand zu dem Hauptmann. Es war still wie in einem Grab. Oder wie in einer Arena, in der das

Publikum darauf wartete, dass der Wolf dem Kaninchen den Kopf abbiss.

Elias holte Jonathan aus der Tasche. „So setzt auf das Gebäude Eurer Wahl."

Tornstahls Hand mit den Geldstücken schwebte über der Holzstadt, dann hielt sie plötzlich inne. „Gib mir erst die Maus!"

Elias durchfuhr es wie ein Blitz. Er glaubte, nicht richtig gehört zu haben. „Ihr müsst erst das Geld setzen, Hauptmann."

„Das werde ich nicht", zischte Tornstahl, und es klang wie ein abgeschossener Pfeil. „Ich frage mich, wie klug dein kleiner Ritter ist. Vielleicht spricht er ja die Sprache geheimer Zeichen."

Die Schweißtropfen auf Elias' Stirn bildeten kleine Bäche. So nah wie der Hauptmann war ihm noch niemand auf die Schliche gekommen. „Wollt Ihr ... wollt Ihr damit sagen, dass ich betrüge?", stammelte er mit heiserer Stimme.

„Das hast du selbst gesagt. Nicht ich. Aber ist es so?"
Der Hauptmann ließ die Frage ein paar Wimperschläge lang in der Luft schweben.

Elias schüttelte den Kopf.

„Wenn es ein harmloses kleines Spiel ist, dann will *ich* die Maus in die Stadt setzen."

Jetzt saß Elias in der Falle. Weglaufen konnte er nicht mehr, denn die Menge hatte inzwischen einen dichten Kreis um ihn gebildet. „Wie Ihr wünscht, Hauptmann. Ich habe nichts zu verbergen. Aber bitte versprecht mir, dass Ihr ganz vorsichtig mit Jonathan umgehen werdet. Er ist nicht an Fremde gewöhnt."

„O, sei unbesorgt. Ich bin kein Mäuseschlächter. Ich mache nur Jagd auf größeres Wild." Dabei lachte er – er war der Einzige, der lachte –, und es war ein so grausiges Lachen, dass es Elias' Atem stocken ließ.

„Sei brav, Jonathan", sagte der Junge. „Der Mann wird dir nichts tun." Dann setzte er die Maus in die offen hingehaltene Hand.

Der Hauptmann ließ den Blick über die Holzstadt schweifen. Dann klimperten seine zehn Sous auf den Palast. „Mal sehen, ob deine Maus unserem Fürsten wohlgesinnt ist, dessen Schloss ebenso schön ist wie dieses." Seine Stimme war voller Spott. Er setzte Jonathan in die Mitte. Kurz sah er Elias an, dann sagte er: „Los, Jonathan, geleite die Dame."

Dieser eine Satz ließ Elias frösteln. Der Hauptmann hatte verdammt gut aufgepasst. Denn nur, wenn Elias diesen Satz sagte, erwartete Jonathan ein geheimes Zeichen. Ob der Hauptmann den Trick mit dem Streicheln auch durchschaut hatte? Aber wenn er recht gesehen hatte, hatte der Hauptmann die Maus nur abgesetzt und überhaupt nicht gestreichelt. Elias spürte, wie sein Herz immer schneller schlug. O Jonathan, was wirst du jetzt wohl tun?

Jonathan tat, was jedes dressierte Tier an seiner Stelle vermutlich getan hätte. Er blickte sich verwirrt um. Er hatte den Schlüsselsatz gehört. Doch das geheime Zeichen war ausgeblieben. Wo sollte er nun hingehen?

Er stellte sich auf die Hinterpfoten und sah seinen Freund an. Doch Elias' Miene blieb unbeweglich, und er sprach auch nicht.

Stattdessen sprach der Hauptmann: „Interessant. Deine Maus scheint verwirrt. Warum nur? Ist etwa ein verabredetes Zeichen ausgeblieben?"

Elias spürte die Trockenheit in seiner Kehle. Seine Stimme war rau wie eine abgezogene Schweinehaut. „Ich betrüge nicht", sagte er kraftlos. „Er ..."

„Sei still!", herrschte ihn Tornstahl an. „Ich will sehen, was der kleine Ritter nun tut."

Jonathan schnupperte aufgeregt in die Luft, bewegte sich aber keinen Daumenbreit fort. Was war das für eine fremde Hand gewesen? Ihren Geruch konnte er nicht leiden. Warum hatte sein Freund ihn nicht hierhergesetzt? Das machte er doch immer bei diesem Spiel. Und noch etwas verwirrte ihn. Es fehlte etwas.

„Ah", sprach Tornstahl plötzlich, als hätte er die Gedanken der Maus gelesen. „Vielleicht fehlt ihm die Dame. Gib sie her!"

Widerstrebend reichte Elias ihm die Stoffpuppe. Tornstahl hielt sie Jonathan hin.

Die Maus schnüffelte daran. Der fremde, unangenehme Geruch der Hand mischte sich nun mit etwas Vertrautem. Schnell nahm Jonathan das Bündel ins Mäulchen und sog den wohligen Duft genüsslich ein. Heu. Stroh. Und ein verborgener Schatz. Da er kein geheimes Zeichen erhalten hatte und nicht wusste, wohin er gehen sollte, tat er das, was ihm das einzig Richtige erschien.

Er blieb mitten auf dem Marktplatz sitzen und zerrte die versteckte Nuss aus der Stoffpuppe. Dann begann er zu knabbern. Das durfte er immer, nachdem die Arbeit getan war. Das war seine Belohnung.

„Aha", zischte der Hauptmann. „Seltsam, dass dein Ritter Jonathan nun das Burgfräulein verspeist. Ist er zum Kannibalen geworden?!"

„Er ist eben doch nur eine Maus und das Ganze ein Spiel", warf der Hufschmied ein und grinste. Einige in der Menge wagten zu lachen.

Tornstahl warf einen eisigen Blick in die Runde. Das Grinsen des Hufschmieds erstarb. Ebenso das Lachen. Jeder in der Menge spürte, dass man mit diesem Mann besser nicht spaßte. Und vielleicht hatten einige seinen kalten Zorn schon am eigenen Leib gespürt.

Dann beugte sich Tornstahl zu Elias hinüber und sagte leise: „Ich weiß nicht, wie du es anstellst. Aber ich weiß, dass ein Trick dabei ist. Und du wirst es mir sicherlich noch erzählen!"

„Warum sollte ich das tun?", dachte Elias, als sich Tornstahl zum Hufschmied umdrehte.

„Zerschlagt es!"

„Was?"

„Ihr sollt es zerschlagen, dieses Mäuseghetto!"

„Den Teufel werde ..." Weiter kam der Hufschmied nicht. Schon surrte der Stahl. Schon spürte er die Spitze eines Degens an der Kehle. Er versuchte es versöhnlicher: „Ehrenwerter Hauptmann, Ihr habt dem Jungen keine Schuld nachgewiesen. Und er hat uns köstlich unterhalten mit seiner Maus. Lasst ihn gehen!"

Ein Zischen entwich Tornstahls Lippen. Dann sprach er mit schneidender Stimme: „Ich sage es dir ein letztes Mal: Zerschlage dieses Gerümpel! Oder ich werde prüfen, ob das Blut eines Hufschmieds ein Weinfass füllen kann."

Nackte Angst trat in die Augen des bärtigen Riesen. Mit einem Mal schien er zu schrumpfen und wirkte neben Tornstahl wie ein Zwerg. Er nickte ergeben.

Tornstahl ließ den Degen sinken, der Hufschmied hob den Hammer.

„Nein! Jonathan!", keuchte Elias. Doch bevor er irgendetwas tun konnte, wurde er von zwei Gardisten gepackt.

Der Hufschmied sah den Jungen einen Wimpernschlag verlegen an, dann krachte es laut. Mit einem gehetzten Sprung rettete sich die Maus in die ausgestreckten Hände des Jungen. Schnell steckte er Jonathan in die sichere Wamstasche.

Dann flogen die Splitter der kleinen Stadt wie Feuerfunken umher. Elias hatte das Gefühl, als zerstächen sie sein Herz. Tränen rollten seine Wange hinab.

Hauptmann Tornstahl sah es mit Genugtuung. Ganz nah trat er an Elias heran und flüsterte: „Nun werden wir sehen, ob dir der Kerker des Fürsten gefällt. Wer weiß, vielleicht findet deine Maus dort ja ein Mädchen?"

Dann drehte er sich um und brüllte die glotzende Menge an: „Und ihr geht und erledigt eure Arbeit auf der Festwiese!"

Festwiese

Die Stadt Howarde schmiegte sich mit ihren verwinkelten Gassen und den knorrigen Fachwerkhäusern an den Südhang eines kleinen Hügels. Eigentlich war es kein richtiger Hügel, sondern die vorgewölbte Flanke eines Gebirgskamms. Zu Füßen der Stadt schlängelte sich ein glitzernder Fluss durch das breite Tal, zu Häupten breitete sich eine wellige Hochebene aus. An der höchsten Stelle der Stadt, weit über dem letzten Haus, stand das Schloss.

Sah man vom Schloss gen Süden, so erblickte man das Tal und den Fluss, schaute man dagegen nach Norden, so lag das Land lieblich wie ein sich kräuselnder See vor einem. Der Gartenbaumeister hatte mit großer Kunstfertigkeit einen wunderschönen Garten dorthin gesetzt, im Mittelpunkt die Festwiese, umsäumt von Buchenhecken, Rosenspalieren und Magnolienalleen.

Auf dieser Festwiese nun tummelte sich alles an Handwerkern, was die Stadt Howarde zu bieten hatte.

Ein Mann verließ das Schloss.

Er nahm seinen Weg durch die über fünf Schritt hohe Fensterfront aus Ornamentglas, überquerte die Marmorterrasse, nahm die drei Stufen aus Rosengranit und stand auf der Wiese. Der Wind fuhr durch seine prachtvollen Gewänder, auf denen Brokatstickereien mit Silberpailletten um die Wette glänzten.

Neugierig ließ er seinen Blick umherschweifen. Rechts und links der Terrasse standen schon die reich beschnitzten Tische aus Ebenholz. An den kommenden Abenden würden sie sich biegen unter allerfeinsten Speisen für den König und sein Gefolge. Der Mann stieg die flachen, goldverzierten Treppen zu den Tribünen hinauf. Weiche Sitze boten mehreren Hundert Zuschauern Platz. Von hier oben hatte er einen guten Blick auf die imposante Theaterbühne. Wie fleißige Bienen krochen die Handwerker darauf, darüber und darunter herum. Bühne war eigentlich nicht der richtige Ausdruck. Es war eine verschachtelte Landschaft aus Kulissen und Leinwänden, die ein antik gestaltetes Dorf und eine imposante Burg darstellten.

Der Mann schritt eine andere Treppe hinunter, erreichte schließlich den Mittelpunkt der Bühnenlandschaft, eine weitläufige Arena, die bald mit schwarzem Muschelsand ausgestreut werden würde. Genau hier würde Großartiges passieren. Der Magister Effectuum arbeitete fieberhaft an seinem neuen Werk.

O, er hatte Grandioses von diesem Magister gehört. Doch das war nun zweitrangig.

Denn vorerst war der Mann auf der Suche. Er suchte seine Tochter. Gewissenhaft schaute er sich um, ob sie sich irgendwo zwischen den Handwerkern versteckte. Sie liebte solch ein Getümmel, auch wenn es gar nicht standesgemäß war.

Seine Agathe.

Der Mann war versucht, sie zu rufen. Aber das schickte sich nicht für einen vom Hohen Stand. Erst recht nicht für den Berater des Königs. Der Mann hieß Albert von Fähe und er war derjenige, dem der König am meisten vertraute. Er war Ende fünfzig, trug einen langen grauen Bart, den er sich manchmal zu einem Zopf flocht. Dafür hatte er umso weniger Haare auf dem Kopf. Nur ein spärlicher Haarkranz war ihm von der einst prachtvollen Lockenflut geblieben. Seine drei Töchter hatten ihn so manches Haar gekostet. Und die meisten hatte er sich sicherlich für seine jüngste gerauft.

Er ging betont langsam, so, als genösse er das Wandeln durch die Arena, spähte hinter ein Pferdefuhrwerk voller Werkzeuge, durch ein Geflecht aus künstlichen Sonnenblumen, in eine Maschine, deren Sinn er nicht ergründen konnte.

„Wo mag sie nur schon wieder sein?", knurrte er.

„Vermag ich Euch zu helfen, Herr von Fähe?", fragte der Maître de plaisir, der plötzlich neben ihm stand. Der Maître war der Herr über alle Angelegenheiten des Festes. Angefangen bei der Farbe des Tischtuchs über die Auswahl der Speisen bis hin zum Bühnenprogramm. Und wenn er einen Fehler machte und beim Fürsten in Ungnade fiel, könnte er beim nächsten Fest die Arbeit des Latrinen-Leerers verrichten. Deshalb hielt er es für angebracht, sich persönlich um den hohen Gast zu kümmern.

„O, sehr freundlich. Aber ich glaube nicht", entgegnete Albert von Fähe. „Ich erwarte meine Tochter."

„Dort drüben kommt sie, wenn Ihr mir die Bemerkung erlaubt." Der Maître wies auf einen Stuck verzierten Torbogen, unter dem sich eine schlanke Gestalt näherte. „Wenn Ihr mich nun entbehren wollt", setzte er höflich hinzu. „Es ist noch so viel zu tun." Albert von Fähe nickte, der Maître machte eine vollendete Verbeugung und entfernte sich. Nach wenigen Schritten schrie er gar nicht mehr so höflich die Pagen an, die sich um den Blumenschmuck vor der Hauptbühne kümmerten.

Albert von Fähe blickte auf die näher kommende Gestalt und kniff die Augen zusammen. Es war auf keinen Fall Agathe. Jetzt trat sie aus dem Schatten des Torbogens heraus.

„Antonia", freute er sich, als er seine zweitälteste Tochter erkannte.

„Vater", gab die junge Dame in dem rauschenden Satinkleid zurück. Antonia war zwanzig Jahre alt und eine wahre Schönheit. Die langen schwarzen Haare hatte sie zu einem kunstvollen Knoten gebunden. „Ich kann sie nicht finden", sprach sie weiter.

Albert von Fähe unterdrückte einen Fluch. „Dieses Kind raubt mir auch noch meine letzten Haare. Nie ist sie dort, wo sie sein soll. Und an die höfische Etikette hält sie sich überhaupt nicht. Vermutlich kriecht sie wieder in irgendwelchen Hinterzimmern herum auf der Suche nach Abenteuern."

„Ihr dürft nicht so streng mit ihr sein, Vater", entgegnete Antonia mit einem sanften Lächeln. „Als Mutter starb, hat es unsere Kleine am heftigsten getroffen. Sie war erst sechs. Und was blieb ihr? Zwei altkluge Schwestern, die sich eingebildet haben, sie könnten die Mutter ersetzen. Und ein Vater, der mehr für den König da war als für sie."

Antonias Worte versetzten Albert von Fähe einen Stich, doch er wusste, dass sie es nicht böse meinte. Aber sie hatte recht. Die letzten sechs Jahre hatte er sich viel zu viel um des Königs Belange kümmern müssen als um seine eigenen. Und seine jüngste Tochter war trotz Schwestern, Haushofdamen und allerlei Lehrmeistern eher zu einem Wildpferd herangewachsen denn zu einer jungen Dame.

Er seufzte. „Du meinst also nicht, dass ich mir Sorgen machen muss? Schließlich ist sie seit dem Aufstehen von niemandem mehr gesehen worden."

Antonia schüttelte den Kopf und hakte sich am Arm ihres Vaters ein. „Grämt Euch nicht. Bestimmt taucht sie spätestens zum Abendessen wieder auf. Mit einem Appetit wie ein Bauer."

„O", stöhnte Albert von Fähe, „hoffentlich nicht mit ebensolchen Manieren."

Die beiden lachten. Gemeinsam schritten sie über die Festwiese. Jetzt nahm sich Albert von Fähe etwas Zeit, genauer hinzuschauen. Der König würde ihn erst in einer Stunde erwarten.

Sie beobachteten einen Zimmermann, der einen hölzernen Zahnradapparat in eine kleine Hütte am Ende der Arena einbaute. Es sah aus wie ein riesiger Flaschenzug.

„Was hältst du von dem Ganzen hier?", fragte Albert von Fähe seine Tochter.

„Ich finde es großartig", antwortete Antonia mit geröteten Wangen. Sie schien ganz aufgeregt. „Ich denke, es wird das prachtvollste Fest, das diese Stadt je gesehen hat. – Und unser König auch", fügte sie leiser hinzu.

„Hm", machte der Oberste Königliche Berater nachdenklich. „Fast könnte man meinen, es wäre zu prachtvoll."

„Was meint Ihr damit, Vater?"

Albert von Fähe blieb stehen, sah prüfend zu dem Feuertechniker hinüber, der mit allerhand Pulvern für ein Feuerwerk experimentierte. „Fürst Philipp legt sich, wie mir scheint, mächtig ins Zeug. Ganz so, als wolle er seinen Bruder, den König, beeindrucken."

„Ist daran etwas Verwerfliches? Immerhin wird der Drachenstich hundert Jahre alt. Es ist eine große Tradition hier in Howarde und ich denke, es ist nur recht und billig, dieses Jubiläum auch würdig zu feiern."

Albert von Fähe warf einen Blick zurück. Die Seidenvorhänge, die nicht nur die Bühne, sondern auch den Hintergrund der Tribünen schmückten, flatterten im Wind. Sie waren über und über bestickt und zeigten das Symbol Howardes, den besiegten roten Drachen, neben der französischen Lilie des Königs.

„Trotzdem erscheint mir diese Pracht ein wenig zu viel. Selbst für Fürst Philipp. Als wolle er damit von irgendetwas ablenken."

Antonia seufzte und sah ihren Vater eindringlich an. „Ihr seid schon zu lange der Berater des Königs. Ihr misstraut allem und jedem."

Albert von Fähes gerunzelte Stirn glättete sich, als er den liebevollen Blick seiner Tochter bemerkte. „Vielleicht hast du recht und es sind nur die Hirngespinste eines alten Mannes. Vielleicht vermisse ich einfach die Größe und Erhabenheit Versailles. Howarde ist so weit weg vom Mittelpunkt Frankreichs – auch wenn das fürstliche Schloss wirklich prachtvoll ist."

Die beiden gingen weiter.

Albert von Fähe sog genüsslich die Düfte ein, die aus verschiedenen großen Flakons aufstiegen. Pfefferminze, Anis, Kamille, Rosmarin, Fenchel und Lavendel waren nur einige, die für angenehme Wohligkeit sorgen sollten. „Vielleicht sollten wir diesen Drachenstich einfach genießen. Schließlich haben wir beide noch nie einen gesehen."

„Und dem König wird es sicherlich gefallen", lachte Antonia.

„Das ganz gewiss", lächelte nun auch Albert von Fähe. So sehr der König und sein Bruder in ihrem Wesen verschieden waren, so sehr glichen sie sich in einem: Sie waren förmlich besessen von Kunst, Theater, Feuerwerk und Gaukelei. Und ein Fest wie den Drachenstich gab es weit und breit im ganzen Königreich nicht.

Albert von Fähe drückte seine Tochter an sich und freute sich, mit ihr im warmen Sonnenlicht durch den Schlossgarten zu promenieren. Bevor sie das geschäftige

Treiben der Handwerker hinter sich ließen, hörte er die schnarrenden Worte des Maître und musste lächeln: „Nimm um Himmels Willen die Efeuranken weg und stell etwas Blühendes dort hin, nichtsnutziger Bursche. Sonst denken die Leute ja, sie säßen in einem Kerker."

Im Kerker

Hauptmann Tornstahl griff sich eine brennende Fackel aus der eisernen Halterung und stieß Elias vor sich her.

„Runter mit dir, du Gauklerbastard!"

„Ich bin kein Bastard", zischte Elias zurück.

Dafür erhielt er einen Tritt in den Hintern, der ihn mehrere Stufen hinabstolpern ließ. Er fing sich wieder und beschloss, von nun an zu schweigen.

Es ging eine steile Stiege hinab. Der obere Teil war aus knarrendem Holz, der untere ging in steinerne Stufen über, die grob aus dem Felsen gehauen waren. Unten angekommen, befanden sie sich in einem muffigen Gewölbe.

Der Kerker.

Durch den hinteren düsteren Teil ging ein Eisengitter – dahinter lagen drei Gefängniszellen. In der Wand neben der letzten Zelle konnte Elias eine dunkle Nische ausmachen. Es sah ganz so aus, als sei dort der Eingang zu einem niedrigen Gang. Vermutlich führte er in noch tiefere, noch muffigere und noch feuchtere Kerkerzellen.

Elias schauderte.

Links neben der Treppe stand ein Birkenholztisch, in den so manche gelangweilte Wache etwas eingeritzt hatte. An der Wand darüber leuchteten Fackeln, die irgendwie kränklich aussahen, als seien sie es müde, hier unten im Muff zu brennen. Vor dem Tisch stand ein mit Schaffellen ausgelegter hochlehniger Stuhl, in dem ein Mann saß. Er erhob sich, als die beiden Eindringlinge *seinen* Kerker betraten.

„Wen bringt Ihr da?", fragte Kerkermeister Gnaerk. Tornstahl schubste Elias in den Raum. „Einen verschlagenen Fuchs, der glaubt, schlauer zu sein als der Wolf."

Kerkermeister Gnaerk gluckste spöttisch, kam näher und besah sich den Jungen, als wären sie auf einem Pferdemarkt. Elias zog zwar den Kopf ein, musterte aber den Kerkermeister ebenso eindringlich.

Gnaerk war stämmig, dickbauchig und halslos. Sein Kopf glich einer unförmigen Rübe. Über den wulstigen Lippen saß eine geschwürartige Nase, die durch den breiten Nasenring noch abstoßender wirkte. Seine Haut war grobporig und weiß, ein Zeichen dafür, dass er nur selten seinen Kerker verließ.

„Vermutlich nur, um sich Wein zu holen", dachte Elias. Denn der Kerl stank, als hätte er die Nacht in einem Weinfass verbracht.

Gnaerk entblößte die fauligen Zähne, stieß dem Jungen seinen schlechten Atem entgegen und griff dann nach Elias' Arm. Elias stöhnte auf. Dieser Kerl hatte Kraft wie ein Bär.

„Soll ich ihm den Arm brechen?", brummte Gnaerk und drückte mit seinen dicken Fingern zu, als seien sie eiserne Armzwingen.

Elias sah erschrocken auf.

Hauptmann Tornstahl grinste.

Sein Blick war kalt, grausam und er labte sich an der Qual des Jungen. Dann wandte er sich an den Kerkermeister: „Nein! Sperr ihn einfach nur ein."

Elias stieß erleichtert die Luft aus.

Gnaerk grunzte mürrisch und schob den Jungen vor sich her. „Nie darf man seinen Spaß haben", brummte er. Tornstahl räusperte sich. „Später vielleicht", sagte er großzügig. „Und die zehn Sous, die er bei sich trägt, darfst du gerne der Armenkasse spenden."

Das besserte Gnaerks Laune merklich auf. Sofort durchsuchte er Elias' Wamstaschen. Auch wenn der Junge um sich schlug und die Maus nach der ekligen Hand biss, erreichte Gnaerk sein Ziel. Zufrieden ließ er die Münzen in seinen Geldbeutel gleiten. Alles andere, das der Junge in seinen Taschen trug, ließ er ihm. „Krimskrams", murmelte er und schubste Elias in die letzte Zelle.

Quietschend fiel die Gittertür ins Schloss. Der Schlüssel drehte sich klackernd.

Hauptmann Tornstahl erhob noch einmal die Stimme: „Pass gut auf unseren *besonderen* Gast auf, dann soll es dein Schaden nicht sein. Unserem Fürsten ist es einen Louisdor wert." Bei diesen Worten deutete er mit dem Kopf vage auf eine der beiden anderen Gefängniszellen. Elias konnte nicht erkennen, welche er meinte.

Dann stiefelte Tornstahl polternd die Stiege hinauf.

Gnaerk zog den Schlüssel ab und hängte ihn sich an seinen Gürtel. Er schlurfte zum Tisch hinüber und pfiff fröhlich vor sich hin.

Elias zog sich in den tiefsten Schatten seiner Zelle zurück, setzte sich auf den kalten Boden und dachte nach. Angst hatte er nicht. Schon öfter hatte man ihn eingesperrt. Meist war er nach einer Tracht Prügel schon bald wieder freigelassen worden. Er war eben nur ein kleiner Gaukler und für viele einfach nicht wichtig genug.

Aber wer mochten die anderen Gefangenen sein? Und wer war so wichtig, dass der Hauptmann dem Kerkermeister einen Louisdor versprach? Das war eine kostbare Goldmünze. Kein Wunder, dass der Kerkermeister so guter Laune war!

Die Fackeln warfen unruhige Lichtfetzen in den Raum. Die anderen Gefangenen waren kaum zu sehen. In der einen Zelle lag ein Betrunkener in seinem Erbrochenen. War er ein reicher, in Ungnade gefallener Kaufmann? Oder der Anführer einer Räuberbande? Elias vermochte es nicht zu sagen.

In der anderen Zelle saß nur ein Kind, so alt wie er selbst. Es saß ganz dicht an der Wand im Schatten. Elias konnte nur die langen schwarzen Haare erkennen und das weiche Gesicht mit der etwas zu lang geratenen Nase. Ein Mädchen. Es konnte unmöglich dieser besondere Gefangene sein. Außerdem heulte es.

Gnaerk summte leise vor sich hin, als er seinen Geldbeutel in der Hand hüpfen ließ. Er schlurfte zur Stiege und sah immer wieder zu den Gefangenen hinüber. Dann wischte er sich unsichtbaren Schaum vom Mund und tapste leise die Stufen hinauf.

Die Gefangenen waren allein.

Das Mädchen schluchzte immer noch.

„Heulen hilft nicht", sagte Elias leise. „Glaube mir, ich war schon öfter in so einer Lage."

„Ich bin nicht wie du", zischte das Mädchen aus dem Schatten.

„Wer bist du denn?"

„Das geht dich nichts an."

„Huch", brummte Elias. „Ein Pflänzchen Rührmichnichtan."

„Dumme Ziege", dachte er und drehte sich weg. Er öffnete seine Tasche. Jonathan streckte vorsichtig das Näschen heraus. Elias hielt ihm die Hand hin. Die Maus krabbelte leichtfüßig hinauf. Elias kraulte Jonathan hinter dem Ohr. Das hatte er gerne. Die Maus kuschelte sich in die Hand des Jungen, als wäre es ein warmes Nest. Dann rollte sie sich zusammen und schloss die Augen.

Eine Weile saßen sie so da, dann kam es aus der anderen Gefängniszelle: „Das ist eine Maus."

„O, wie scharfsinnig", gab Elias widerborstig zurück. „Fräulein Rührmichnichtan kennt sich mit Tieren aus."

Ein Schniefen kam aus der Ecke, dann: „So heiße ich nicht."

„Schön." Elias ärgerte sich noch immer über das Mädchen.

Das Schluchzen aus der anderen Ecke setzte wieder ein. Elias zuckte mit den Schultern. Sollte die dumme Ziege doch heulen, bis sie schwarz wurde.

Er lehnte sich zurück und dachte über seine eigene Lage nach.

Dieser Kerkermeister beunruhigte ihn. Einer der Gaukler hatte Geschichten über ihn am Lagerfeuer erzählt. Gnaerk sei nicht sein richtiger Name. Man nenne ihn nur so, weil er den Gefangenen am liebsten die Arme brach. Und *Gnaerk* war genau das Geräusch, das die meisten Arme dabei machten.

Elias schauderte.

Ein besonders lautes Schluchzen riss ihn aus seinen Gedanken. Das Mädchen sah ihn an und sagte: „Tut mir leid, dass ich eben so rüde war. Aber es … es ist eben so, dass ich nicht hierher gehöre."

Elias starrte hinüber. Zorn erfüllte ihn plötzlich. „Und ich? Ich gehöre hierher?"

„Du bist vom einfachen Volk." Die Stimme des Mädchens klang jetzt ziemlich hochnäsig.

„Was soll denn das heißen?", kam es Elias laut über die Lippen.

„Ihr nehmt es mit den Gesetzen nicht so genau. Ihr lebt frei und ungezügelt. Deshalb ist es kein Wunder, dass ihr im Kerker des Königs sitzt."

Elias war für einen Moment sprachlos. Dann zischte er das Erstbeste, das ihm einfiel: „Das ist nicht der Kerker des Königs. Sondern der des Fürsten Philipp."

„Ja, genau das ist das Problem."

Elias stöhnte. Dieses Mädchen machte ihn immer wütender. Und verwirrte ihn. Was redete es da?

„Wer bist du überhaupt?", stieß er hervor.

Das Mädchen kroch näher heran. Langsam kam es in den Schein der Fackeln. Elias musterte es erneut und seine Kinnlade klappte herunter. Dieses Mädchen trug ein Kleid, das unglaublich verschwenderisch gearbeitet war. Hätte er es an einen Tuchhändler verkaufen können, würde Elias einen ganzen Beutel Louisdors einstreichen. Ein ganzes Jahr lange könnte er davon in Saus und Braus leben.

Das Mädchen war jetzt ganz nah. Seine geschmeidigen zarten Hände, die noch nicht viel gearbeitet haben konnten, hatte es um die Gitterstäbe geschlungen. Das Gesicht war schmutzig und tränenverschmiert. Die langen Haare umspielten es wie ein Seidenvorhang.

„Eigentlich ist sie recht hübsch", dachte Elias, „nur die lange Nase passt nicht so ganz. Und die Haut ist bleich, so bleich wie bei …"

Das Mädchen öffnete die Lippen: „Ich heiße Agathe, Agathe von Fähe."

„… einer Adligen. Eine vom Hohen Stand", schoss es Elias durch den Kopf. Dann musste sie *doch* die besondere Gefangene sein, auf die der Kerkermeister aufpassen sollte, und nicht der Betrunkene.

Elias war irritiert und neugierig zugleich. Was um alles in der Welt machte ein Mädchen vom Hohen Stand hier in diesem dreckigen Kerkerloch? Plötzlich kam ihm noch ein anderer Gedanke. Er merkte gar nicht, dass er ihn laut aussprach: „Von Fähe? So heißt doch der Berater des Königs. Bist du etwa …"

„Seine Tochter", vollendete Agathe den Satz.

Elias zuckte erschrocken, als hätte ihn etwas gestochen. Jonathan wachte auf und sprang von seiner Hand herunter. Er setzte sich auf die Hinterbeine, hob die Vorderpfötchen wie ein niedlicher Hund und schaute seinen Freund mit den großen Bernsteinaugen an. Elias merkte es nicht, er starrte Agathe unentwegt an und brachte kein Wort heraus, bis Jonathan ihn zärtlich in den Finger biss. Elias wandte den Kopf und verstand. Jonathan wollte zurück in die Tasche. Elias ließ ihn hineinhuschen.

Noch immer konnte er nicht begreifen, was dieses Mädchen hier sollte. „Wieso bist du hier?", fragte er sie.

Bevor Agathe antworten konnte, knallte etwas Metallisches gegen die Gitterstäbe. Erschrocken zuckten die beiden Kinder zusammen. „In meinem Kerker wird nicht gequatscht!", kam es von der Stiege her.

Gnaerk war wieder da.

Er hatte einen großen Tonkrug mit Wein dabei. Seine Augen glänzten vorfreudig, als er sich an den Birkenholztisch setzte.

„Los, auseinander", knurrte er die Kinder an. „Sonst mache ich euch Beine. Und zwar damit!" Er nickte in Richtung des Gegenstands, den er geworfen hatte.

Es war ein Spanischer Stiefel. Ein Folterinstrument, um jemandem die Beine zu zerquetschen.

Hastig krochen die Kinder in die entgegengesetzten Ecken zurück. Gnaerk stieß ein gehässiges Lachen aus, das schnell in ein seliges Glucksen überging, als er den Krug an die Lippen setzte.

Elias hatte einiges, über das er nachdenken musste.
Er überlegte, wie er hier herauskommen konnte. Die
Gaukler hatten ihm beigebracht, wie man ein einfaches
Schloss knackt. Das war praktisch, wenn es sich um eine
Vorratskammer handelte. Doch dieses Schloss hier war
viel komplizierter. Ein dreifacher Verschluss – und es
war gut in Schuss. Kein Rost, keine Schrammen. Fürst
Philipp sorgte sich scheinbar sehr um seine Gefangenen.

Jedenfalls war eines klar: Nur der Schlüssel konnte es
öffnen.

Elias' Gedanken schweiften ab. Wieso saß ein Mädchen vom Hohen Stand hier im Kerker? Und dann auch
noch Agathe von Fähe! Ihr Vater war der wichtigste
Berater des Königs. Das wusste jeder. Wie konnte das
sein? Hatte sie irgendetwas gestohlen? Aber sie war
doch unvorstellbar reich? Alle Leute vom Hohen Stand
waren reich. Oder log sie? Und sie war jemand anderes?
Eigentlich ging es ihn gar nichts an und normalerweise
war es auch nicht seine Art, sich in anderer Leute Angelegenheiten einzumischen. Aber dieses Mädchen hatte
etwas an sich, das ihn neugierig machte. Und zugleich
zur Weißglut brachte.

„Schlüssel", dachte er und konzentrierte sich wieder
auf die wichtigere Sache. Er brauchte den Schlüssel!
Der hing immer noch an Gnaerks Gürtel – verborgen
zwischen Falten aus Stoff und Fett.

Elias seufzte.

Er hörte Agathe schniefen. Doch als er hinüberblick-
te, konnte er sie im Dunkeln nicht mehr sehen.

Er tat, was er für das Beste hielt, lehnte sich zurück, schloss die Augen und versuchte, seine Kräfte zu schonen. Seine Hand fuhr in seine Wamstasche. Er streichelte Jonathan und fuhr mit dem Finger die Kontur des geringelten Schwanzes nach.

Es fühlte sich an wie ein gebogener Schlüssel.

Der Schlüssel

Mit einem Ruck setzte sich der Junge auf.

War er tatsächlich eingedöst? Irgendetwas hatte ihn aufgeschreckt. Ein Alptraum? Von Gnaerk, der ihm die Arme brach? Nein, ein Geräusch. Ein lautes, rasselndes Schnarchen.

Gnaerk lehnte mit roter Nase und seligem Grinsen in dem Stuhl, das Schaffell gemütlich über die Beine geschlagen, und schnarchte, als gelte es, einen Baum abzusägen. Er hatte die Beine auf einen Schemel gelegt. Auf dem Birkenholztisch stand der Weinkrug.

Und daneben lag ein Schlüssel.

Der Kerkerschlüssel.

Elias war mit einem Schlag hellwach und kroch leise an das Gitter heran. Er spähte durch die fingerdicken Stäbe. Ja, dieser Idiot von Kerkermeister hatte den Zellenschlüssel vom Gürtel genommen und auf den Tisch gelegt. Wahrscheinlich stach er ihm beim Schlafen in den dicken Bauch.

Gedanken schwirrten wie Bienen durch Elias' Kopf und sammelten sich zu einem Plan.

Er kramte in seinen Taschen. Gott sei Dank hatte Gnaerk ihm bis auf die Sous nichts abgenommen. Er fand, was er suchte. Ein langes Stück Zwirn. Und seinen

Glücksstein. Einen Augenblick lang hielt er inne, streichelte liebevoll den blank geschliffenen, leicht bläulichen Stein mit dem fingerdicken Loch in der Mitte. Es war ein einfacher Stein aus einem Fluss, aber Elias war er lieb und teuer. Es war ein Geschenk seines Vaters. Elias seufzte. Seinem Vater hatte der Stein kein Glück gebracht. Vielleicht würde er jetzt dem Sohn etwas beistehen.

Er zog den Zwirn durch das Loch im Stein, knotete ihn fest, stand auf und ließ den Stein hin und her schwingen. Dann warf er ihn. Mit einem Zischen sauste der Stein durch den Raum, zog den Zwirn wie einen dünnen Schwanz hinter sich her, klackte auf den Tisch und blieb neben dem Tonkrug liegen.

Gnaerk rekelte sich und schlief weiter.

Elias zog vorsichtig, bis sich der Zwirn straff spannte, und band das lose Ende an einen Gitterstab.

Elias bemerkte eine Bewegung in der Nachbarzelle. Er achtete nicht darauf, sondern holte Jonathan aus der Tasche. Inzwischen hatte er ihm das Ritterkostüm ausgezogen. Jetzt sah Jonathan wie eine ganz normale, allerdings recht kräftige Maus aus. „Jona, mein kleiner Liebling", flüsterte er. „Du musst etwas für uns tun. Du musst uns beide hier rausholen."

Die Maus hockte auf seinem Handteller und schaute ihn aufmerksam an.

Elias zeigte auf den Tisch. „Rette das Burgfräulein, Jonathan!"

Jonathans Blick folgte dem ausgestreckten Finger seines Freundes. Ob er verstand, was Elias von ihm wollte?

„Rette das Burgfräulein, Jonathan!"

„Was tust du?", sagte plötzlich das Mädchen neben ihm.

„Sei still", herrschte Elias Agathe an. „Jonathan arbeitet."

Er setzte die Maus vorsichtig auf den Zwirn. Der Stein rutschte ein Stückchen vor und der Faden bog sich durch, aber er hielt Jonathans Gewicht. Jonathan balancierte mit Pfoten und Schwanz wie ein kleiner Artist auf einem Seil. Dann krabbelte er los. Dieses Spiel kannte er. Am Ende bekam er immer eine Nuss.

Der Weg auf dem Zwirn war lang, viel länger, als er es gewohnt war. Und auch ungewöhnlich wackelig. Der Faden schwang hin und her, und mehrmals sackte er ein Stück hinab, weil der Stein sich bewegte. Doch Jonathan fiel nicht hinunter. An der tiefsten Stelle hing er nur noch eine Handspanne über dem kalten Steinfußboden. Jonathan war verwirrt. Sonst hatte er doch das Ende schon längst erreicht. Sonst spielten sie dieses Spiel doch immer in dem hölzernen Kasten mit den vier Häuschen. Hier war kein Kasten. Auch keine Häuschen. Er lief zu Elias zurück.

„Nein", sagte Elias streng. „Rette das Burgfräulein, Jonathan." Mit ausgestrecktem Arm wies er auf den Tisch.

Jonathan schnüffelte, dann machte er wieder kehrt. Jetzt ging es den Zwirn hinauf. Aber er wäre keine Maus gewesen, wenn ihn das aufgehalten hätte.

Endlich huschte er auf die Tischplatte.

„Ja", jauchzte Elias. „Und jetzt das Burgfräulein, Jonathan."

Die Maus hoppelte unruhig auf dem Tisch herum. Sie fand nicht, was sie suchte. Dieses Stück Stoff, das mit so herrlich duftendem Heu und einer Nuss gefüllt war – es war nicht hier. Unsicher blieb Jonathan stehen, sah zu Elias hinüber und wollte schon wieder zurückklettern.

„Nein, Jonathan", wehrte Elias ab. „Das Burgfräulein, der Schlüssel. Hol den Schlüssel. O Jonathan, bitte, versteh mich doch!"

Jonathan spürte, wie aufgeregt sein Freund war. Er sollte ihm etwas holen, so viel verstand er. Aber was? Hier auf dem Tisch stand nur ein Krug. Und daneben dieses lange, harte Ding. Meinte sein Freund etwa das? Jonathan schnüffelte daran. Es roch nicht nach Heu.

„Ja, das ist richtig", bestärkte ihn Elias. „Das ist das Burgfräulein."

Jonathan zögerte. Dann nahm er tatsächlich den Schlüssel ins Maul. Er war schwer. Viel schwerer als das weiche Stoffding. Aber er konnte ihn bewegen.

Langsam zog die Maus den Schlüssel über den Tisch. Sie betrat den Zwirn.

Der Faden sackte durch. Die Maus fiel samt Schlüssel hinunter. Der Glücksstein rutschte hinterher.

Erst klirrte der Schüssel auf den Steinboden, dann klackerte der Stein durch den Raum.

Gnaerk schreckte hoch. „Was?" Seine Augen spähten verquollen durch den Kerker. Er entdeckte nichts Ungewöhnliches. Er schloss die Lider wieder und schnarchte weiter.

Die beiden Kinder stießen erleichtert die Luft aus. Gebannt verfolgten sie, wie Jonathan sich wieder den Schlüssel schnappte. Er zerrte ihn mühselig über den unebenen Steinboden.

Doch endlich hatte er es geschafft. Elias konnte den Schlüssel mit dem ausgestreckten Arm erreichen. Er zog ihn herein.

Erschöpft hüpfte Jonathan hinterher. Elias nahm ihn freudestrahlend auf die Hand. „Du bist ein Goldstück, mein Kleiner. Das hast du ganz, ganz toll gemacht."

Er kramte in seinen Taschen und fand eine Nuss. „Die hast du dir redlich verdient."

Jonathan nahm die Nuss ins Maul und verschwand in seiner Lieblingstasche in Elias' Wams.

Elias hob den Schlüssel vor seine Nase und grinste. „Und jetzt wird es Zeit, von hier zu verschwinden!"

Er warf noch einen vorsichtigen Blick zu Gnaerk hinüber, der immer noch schlief. Auch der Betrunkene in seiner Zelle regte sich nicht. Elias steckte den Schlüssel ins Schloss.

Eine unsichtbare Woge schlug eiskalt über ihm zusammen.

Der Schlüssel passte nicht.

„Gib ihn mir!", sagte Agathe.

Elias funkelte sie an. „Warum sollte ich das tun?"

„Vielleicht passt er in meine Zelle. Dann kann ich mich befreien."

„Warum sollte ich einer vom Hohen Stand helfen? Ich bin doch nur vom einfachen Volk. Einer, der es mit den Gesetzen nicht so genau nimmt. Einer, der ruhig im Kerker sitzen kann."

„So habe ich das nicht gemeint."

Mit einem Mal machte sich der ganze Zorn Luft, den Elias gegen dieses Mädchen, gegen alle Verwöhnten vom Hohen Stand empfand. „Ihr bei Hofe habt es gut. Ihr braucht euch um nichts zu kümmern. Nicht einmal um euer eigenes Leben. Die gebratenen Tauben fliegen von ganz alleine auf eure Teller. Lieber verrecke ich hier, bevor ich dir helfe."

Wütend setzte sich Elias an die Wand und schmollte. Wütend auf sich selbst, dass sein Plan nicht so funktionierte, wie er gehofft hatte. Wütend auf die Welt, die ihm das Leben schwer machte, während andere in Saus und Braus lebten. Wütend auf dieses Mädchen, das … ach, er wusste auch nicht, warum sie ihn so wütend machte. Er warf Agathe einen feindseligen Blick zu. Sollte sie ruhig spüren, wie es in so einem Kerkerloch war.

Agathe sah ihn mit großen schwarzen Augen an, die wie ein See aus dunklen Tränen waren. Doch dann glättete sich der See und ein Funkeln trat hinein. Ein entschlossenes, kluges Funkeln, das Elias bei ihr nicht erwartet hätte. „Du bist dumm", sprach sie. „Wir sind zwar nicht vom selben Stand. Aber wir sind in der gleichen Lage. Du könntest mir vertrauen." Sie machte eine kurze Pause. „Du befreist mich – ich befreie dich!"

Elias schwieg.

Einer vom Hohen Stand vertrauen. Pah! Hatte jemals einer vom einfachen Volk einer vom Hohen Stand vertraut? Hatte jemals eine vom Hohen Stand einem vom einfachen Volk geholfen? *Ich befreie dich.* Lächerlich! Vermutlich würde sie ihn auslachen und dann auf der Stiege verschwinden.

Elias zog die Augenbrauen noch tiefer herab. Nein! Doch dann bewegte sich Gnaerk im Schlaf. Der Stuhl knackte. Es klang, als bräche ein Arm. Elias fröstelte. Wenn der Kerkermeister feststellte, dass sein Schlüssel fehlte, würde er ihm garantiert den Arm brechen.

Elias zögerte. Doch dann siegte die Vernunft. Es blieb ihm wohl gar nichts anderes übrig, als es mit dem Mädchen zu versuchen.

Er stand auf und näherte sich ihr. „Und du versprichst, dass du mich befreist?"

Agathe nickte.

„Ich hoffe, das Wort eines Mädchens vom Hohen Stand gilt etwas."

„Mindestens so viel wie das Wort eines Jungen vom einfachen Volk", gab Agathe schlagfertig zurück.

Elias reichte ihr den Schlüssel. Schnell hastete sie zum Gitter, steckte den Schlüssel ins Schloss und – drehte ihn dreimal herum.

Das Gitter schwang auf. Dann schlich sie hinaus, durchquerte den Raum auf Zehenspitzen, ohne sich umzudrehen. Genau auf die Stiege zu.

„Ich wusste es", dachte Elias und wollte ihr schon

wütend etwas zurufen, als er bemerkte, wie sie die Richtung änderte.

Sie schlich jetzt auf den Kerkermeister zu. Und dann tastete sie seinen dicken Bauch ab.

„Sie sucht tatsächlich nach meinem Kerkerschlüssel", dachte Elias verblüfft.

Nach Augenblicken, die Elias wie eine Ewigkeit vorkamen, trat sie an seine Kerkerzelle. Sie hielt zwei weitere Schlüssel in der Hand und grinste ihn an. „Einer davon wird ja wohl passen", sagte sie.

Sie wollte schon aufschließen, doch sie hielt inne und sah Elias ernst an. „Ich hoffe, du änderst deine Meinung vom Hohen Stand. Ja, es stimmt, dass uns die gebratenen Tauben manchmal in den Mund fliegen. Aber wenigstens halte ich mich an die Gesetze des Königs."

„Deshalb hat man dich auch in einen Kerker gesteckt", rutschte es Elias heraus.

Aus Agathes kohlrabenschwarzen Augen zuckten kleine Blitze.

Doch bevor sie etwas erwidern konnte, lallte eine Stimme: „Hat … jemand was von gebrat'nen Tauben gesacht, hicks?" Der Betrunkene schwankte am Zellengitter und schaute mit verschleierten Augen durch den Raum.

„Verflucht", dachte Elias, „er wird den Kerkermeister wecken."

Agathe musste das Gleiche gedacht haben, denn sie wich von seiner Zelle zurück, als würden die Gitterstäbe brennen.

„Jetzt haut sie ab", dachte der Junge.

Er sah, wie ihr prachtvolles Kleid im Fackellicht noch prächtiger glitzerte und wie ein Abschiedsgruß flatterte. Doch dann überraschte Agathe ihn zum zweiten Mal. Sie griff sich den Tonkrug vom Tisch, in dem noch ein Rest Wein schwappte, und gab ihn dem Betrunkenen. Gierig trank der Mann.

Agathe stolperte zu Elias zurück, steckte wortlos den Schlüssel ins Schloss und öffnete es. Dann zog sie das Gitter auf. Elias stand für einen Moment wie festgenagelt.

„Was ist", herrschte Agathe ihn an. „Willst du hier Wurzeln schlagen?"

Elias schüttelte sich und rannte hinaus.

Er war schon an der Stiege, als er abrupt stehen blieb. Agathe knallte in ihn hinein. „Was …?"

Von oben kamen Schritte. Und eine Stimme. Hauptmann Tornstahls Stimme.

„Wir müssen einen anderen Weg nehmen." Elias sah sich um und wies dann auf den niedrigen Gang neben seiner Zelle. „Dort hinein."

„Und wo kommen wir da hin?"

„Ich weiß es nicht, aber willst du lieber Hauptmann Tornstahl in die Arme laufen?"

Ohne auf Antwort zu warten, lief der Junge los. Das Mädchen raffte sein Kleid und folgte ihm.

Die flackernden Fackeln winkten den Kindern hinterher, als die beiden in dem schwarzen Gang verschwanden.

„He", lallte der Betrunkene, „nehmt mich mit, hicks!"

Er warf den Tonkrug. Scheppernd zerbarst er in winzige Stücke. Gnaerk schreckte hoch und Hauptmann Tornstahl betrat mit einem anderen Gardisten den Raum. Er entdeckte die beiden offenen Zellen.

Und dann war im Kerker der Teufel los.

Von Teufeln gehetzt

Die beiden Kinder rannten atemlos durch die Gänge.

Es gab ein wahres Tunnellabyrinth unter Howarde. Und das war zugleich gut und schlecht. Gut, weil es die Verfolger behinderte. Schlecht, weil jede Biegung, jede Abzweigung auch die Kinder verwirrte. Zudem war es anfangs stockfinster. Doch als sich Agathe zum dritten Mal den Kopf stieß und laut aufschrie, blieb Elias stehen. Fluchend kramte er seinen wasserdichten Zunderbeutel heraus. Auch den hatte ihm Gnaerk gelassen. Was für ein Trottel.

Agathe war überrascht, als plötzlich ein Funke aufglühte und ihre Umgebung in sanftes Licht tauchte. Während sie sich die wunde Stirn rieb, sah sie sich um. Sie befanden sich in einem schmalen, grob aus dem Gestein gehauenen Gang, der gerade hoch genug war, dass Elias aufrecht stehen konnte. Doch Agathe, die einen halben Kopf größer war, musste sich ducken. Elias zauberte einen Kerzenstummel aus der Tasche und entzündete ihn am glimmenden Zunder. Dann grinste er sie an. „Euer Hochwohlgeboren sollte die Rübe einziehen, sonst wird sie Euch der Felsen wie ein Henker vom Hals trennen", spottete er.

Bevor Agathe etwas erwidern konnte, hörte man entfernte Stimmen hinter ihnen. Sofort wurde Elias' Miene starr. „Schnell!", zischte er nur. „Und leise jetzt, Prinzesschen!"

Agathe funkelte den Jungen an. Was maßte sich dieser Bursche eigentlich an? Dieser vor Dreck strotzende Knabe mit seinen drahtigen Haaren, die er – wie es aussah – noch nie im Leben gewaschen hatte.

Elias drehte sich um und stapfte den abschüssigen Gang entlang.

Agathe sah dem tanzenden Kerzenlicht hinterher. Was machte sie hier eigentlich? Sie gehörte zum Hof des Königs. Ihr Vater war der höchste Berater. Und doch war sie irgendwie in diese Misere geraten. Wie hatte das geschehen können? Sie konnte es sich nicht erklären. Ob sie umkehren und den Gardisten klarmachen sollte, wer sie war?

Hinter ihr drangen die Stimmen der Verfolger durch den Raum. Sie klangen alles andere als freundlich, eher wie jagende Wölfe.

Widerstrebend schluckte Agathe ihren Unmut herunter und folgte dem Jungen.

Immer wieder öffneten sich neue Gänge, mal schmal, mal breit, mal niedrig, hin und wieder zu einem modrigen Raum wachsend. Elias folgte seinem Instinkt, um einen Ausweg zu finden. Er wusste, dass der Felsen unter Howarde im Grunde wie ein Schweizer Käse war – voller Löcher und Hohlräume, untereinander durch zahlreiche Gänge verbunden. Ganz unten, in Höhe der Talsohle, befanden sich die Kerker des Fürsten. Darüber gab es Lagerräume. Je näher man der Oberfläche kam, desto häufiger wurden die Werkstätten und Keller. Also versuchte Elias, sich möglichst nach oben zu bewegen. Denn wo Keller waren, gab es auch Türen, die nach draußen führten.

Aber das war schwieriger als gedacht, denn oft führte ein nach oben strebender Gang schon nach kurzer Zeit wieder nach unten. Und außerdem hatte er keine Zeit zu überlegen. Die Verfolger saßen ihnen wie Zecken im Nacken. Und diese Langnase vom Hohen Stand war so langsam wie eine Schnecke.

Agathes Atem keuchte. Sie fühlte sich ausgelaugt, hatte Hunger und Durst. Und sie hasste diesen Schmutz und den Gestank hier unten. Am Königshof war alles sauber und glänzte wie frisches Gold. Warum nur hatte sie sich diesem Jungen anvertraut? Er war vom einfachen Volk und die hatten nur ihren Eigennutz im Sinn. Was würde er mit ihr anstellen? Sie blieb stehen. Vielleicht sollte sie es doch lieber mit den Gardisten aufnehmen. Sie mussten doch wissen, wer sie war.

Das Gesicht des Hauptmanns tauchte plötzlich vor ihrem geistigen Auge auf. Kaltschnäuzig und mit eisigem Blick. Agathe schüttelte sich. Nein, ihm wollte sie nicht in die Arme laufen.

Sie seufzte, rannte hinter Elias her und stolperte zum wiederholten Male über ihr langes, tiefgrünes Seidenkleid, das mit Lilienornamenten aus Silber- und Goldfäden bestickt war. Sie schlug der Länge nach hin.

„Was soll denn das?", knurrte der Junge und drehte

sich zu ihr um. „Wenn du weiter solchen Lärm machst, finden sie uns bestimmt."

Er musterte sie eine Weile prüfend, dann stellte er die Kerze auf den Steinboden, beugte sich zu ihr hinab und griff nach dem Saum des Kleides. Was wollte er?

„Du wirst doch wohl nicht …" Weiter kam Agathe nicht. Schon durchschnitt ein höhnisches Reißen die Stille, dann hielt er ihr einen breiten Stofffetzen vor die Augen, der einmal zu ihrem Kleid gehört hatte.

„Jetzt kannst du besser laufen", meinte er. Sein Gesicht zeigte wieder Spott, was Agathe schier zur Weißglut brachte.

„Bist du wahnsinnig? Dieses Kleid ist mehr wert, als deine Eltern in einem ganzen Jahr verdienen können."

„Ich habe keine Eltern mehr", knurrte Elias zurück und in seinen Augen war ein schmerzliches Funkeln.

Agathes Zorn erlosch auf der Stelle. Aber eine Entschuldigung brachte sie nicht über die Lippen. Schweigend folgte sie diesem Jungen, dem sie am liebsten einen Tritt in den Hintern verpasst hätte und der doch ihre einzige Hoffnung zu sein schien, aus diesem Kellerlabyrinth herauszukommen.

Hinter sich hörten sie das Klirren von Waffengürteln. Die Gardisten mussten ganz nahe sein. Einmal mehr fragte sich Agathe, ob sie lieber aufgeben und mit Tornstahl verhandeln sollte. Nein, gab sie sich sofort die Antwort. Dieser Hauptmann war es doch gewesen, der sie in das Kellerloch geworfen hatte. Er folgte nur den Befehlen des Fürsten Philipp. Was beabsichtigte Philipp damit, die Tochter Albert von Fähes in ein stinkendes Loch zu werfen?

Sie musste dem dreckigen Gauklerjungen folgen.

Hastig glitt sie um die nächste Ecke.

Gerade noch rechtzeitig, denn nur wenige Augenblicke später erschienen mehrere Gardisten. Ihre Gesichter glühten vor Anstrengung und Eifer. Und in ihren Augen spiegelte sich das Fackellicht dämonisch. Sie teilten sich, als sie an eine Weggabelung kamen.

Die feuchten Gänge und modrigen Höhlen mündeten endlich in die ersten Lagerräume. Je näher die Kinder der Hügelspitze kamen, desto zahlreicher wurden die Anzeichen menschlicher Behausungen. Allerdings sahen die meisten Räume so aus, als seien sie schon seit Jahrzehnten nicht mehr benutzt worden.

So auch der Raum, den sie gerade durchquert hatten.

„Halt", machte Elias und schob Agathe durch den Torbogen in den Lagerraum zurück.

„Was ist los?", entgegnete das Mädchen ungehalten.

Elias ließ seinen Blick aufmerksam durch den saalgroßen Raum schweifen. Fenster oder Türen gab es nicht. Nur dort, wo die Kinder standen, war ein freier Bereich, der von einem Torbogen zum nächsten führte. Der Rest war vollgestopft mit alten Wagenrädern und allem erdenklichen Material, das man zur Herstellung von Kutschen und Karren benötigte. Es musste die Lagerstätte eine Wagners sein. Vor der hinteren, drei Meter hohen Wand stand sogar eine ausrangierte Karosse, die ehemals einem Edelmann gehört haben musste.

Jetzt schaute sie aus wie ein Greis, dem die Zeit allen Stolz und alle Schönheit genommen hatte. Zwischen all den halbfertigen Rädern, hölzernen Speichen, Achsenstücken und uraltem Werkzeug lag so allerlei Krimskrams, der sich wohl in jedem Keller befindet. Dinge, die man eigentlich nicht mehr braucht, aber doch noch nicht wegwerfen möchte.

Vermutlich war der Wagner längst gestorben und dieser Raum vergessen. Denn über allem lag eine mehr als daumendicke Staubschicht – unberührt wie eine Schneedecke am Morgen.

„Ich habe eine Idee, wie wir uns ein Weilchen Ruhe vor den Gardisten verschaffen können", sagte Elias. Er sah Agathe an, deren Gesicht blass war vor Anstrengung.

Sie nickte unmerklich.

Der Wagner hatte einiges an Kinderspielzeug hier abgestellt. Vermutlich hatte er es seinen Kindern einst selbst in liebevoller Kleinarbeit angefertigt. Jetzt standen Holzreifen, Steckenpferde, eine Holzwippe, ein kleiner Karren für Puppen und sogar ein etwas ungelenk bemaltes Schaukelpferd im Raum. Direkt neben sich entdeckte Elias ein Paar hölzerner Stelzen.

Er griff vorsichtig danach und untersuchte sie. Sie waren aus biegsamem Eschenholz hergestellt und trotz der vielen Jahre, die sie schon hier stehen mussten, noch gut in Schuss.

„Was willst du denn damit?", fragte Agathe mürrisch. Sie hatte einmal auf einem Fest einem Stelzenläufer zugeschaut. Er hatte tolle Possen gerissen, doch wofür sollte das jetzt gut sein? „Wir haben keine Zeit für Gaukeleien", sagte sie schnippisch.

Elias warf ihr einen kühlen Blick zu, sagte aber nichts. Stattdessen stieß er die Stelzen auf den Boden. Sie hinterließen kleine, kreisrunde Abdrücke im Staub. „Kannst du Stelzen laufen?", fragte er plötzlich.

„Wie bitte?"

„Ob du mit diesen Dingern umgehen kannst. Kannst du auf ihnen laufen, Prinzesschen?"

Verdattert schüttelte Agathe den Kopf.

„Habe ich mir gedacht. Was spielt ihr Kinder bei Hofe eigentlich!" Sein letzter Satz war keine Frage gewesen, sondern eine verächtliche Bemerkung.

Agathe war zu verdutzt, um etwas zu erwidern. Was wollte dieser Knabe mit den Stelzen? War er jetzt verrückt geworden und wollte den Gardisten eine Gauklervorstellung geben? „Die Gedanken des einfachen Volkes sind mir manchmal schleierhaft", zischelte sie nur.

„Dann pass gut auf", erwiderte Elias gelassen. „So kannst du noch was lernen."

Agathe kam nicht dazu, dem frechen Jungen das Maul zu stopfen, denn in diesem Moment hörten sie das Klappern von Schuhen aus dem Gang hinter ihnen.

„Schnell jetzt", sagte Elias. „Sonst schnappen sie uns." Und dann sah er sie mit seinen braunen Augen durchdringend an. „Tu jetzt bitte genau, was ich dir sage. – Auch wenn du es nicht verstehst."

Elias' Blick duldete keinen Widerspruch. Agathe kniff die Augen zusammen, schwieg aber abwartend.

Die Schritte kamen näher.

Agathe konnte ihre Verwunderung kaum verbergen, als Elias ihr die brennende Kerze in die Hand drückte, auf die beiden Stelzen stieg, sich zu dem Mädchen umdrehte und ihm befahl: „Steig auf meinen Rücken!"

Empört riss sie den Mund auf: „Das tue ich nicht!"

Die Schritte klapperten immer lauter. Deutlich hörte man das Klirren von Waffen.

„Mach schon."

„Warum?"

„Weil sie sonst da sind und alles aus ist. Oder willst du zurück in den Kerker?"

„Aber du bist schmutzig."

„Du doch auch!"

Agathe sah erschrocken an sich herab. In der Tat hatten Kerker und Höhlen ihre ekligsten Grüße auf dem Seidenkleid hinterlassen. Die wunderschönen Silber- und Goldlilien ließen traurig die Köpfe hängen.

Die Schritte hallten jetzt wie Donner durch den letzten Gang. Ins Waffenklirren mischten sich raue Stimme. Elias glaubte, sogar schon das Licht einer Fackel sehen zu können. „Nun mach schon, sonst ist alles zu spät!"

Agathe klappte den Mund zu und folgte tatsächlich den Anweisungen des Jungen – wenn auch widerwillig, denn er war schmutzig und roch nicht gerade nach dem Rosenparfüm, das ihre Schwestern so gerne benutzten.

Überraschend geschickt kletterte sie auf seinen Rücken. Elias schwankte für einen Moment, balancierte jedoch schnell das zusätzliche Gewicht aus. Dann stakste er langsam vorwärts. Er setzte winzige Schritte in den Raum hinein, stieg über Hindernisse hinweg, bis zu der großen Karosse. Hier wies er Agathe an, die Tür zu öffnen.

Sie knarrte etwas, als sie aufschwang. Dann warf Elias seine weibliche Last auf die zerschlissenen Polster.

„Was soll denn das, du …"

„Still!", herrschte sie der Junge an, kletterte selbst in die Kutsche, zog die Stelzen herein und schloss möglichst leise die Tür.

Gerade noch rechtzeitig blies er die Kerze aus.

Dann kroch auch schon rötliches Fackellicht in den Raum, gierig auf der Suche nach entflohenen Gefangenen.

Die Kinder drückten sich ängstlich tiefer in das Polster und konnten nichts weiter tun, als auf jedes Geräusch zu horchen.

Horchposten

Eine hakenförmige Nase schob sich in den Lagerraum, gefolgt von scharfen Augen – rotbraun wie poliertes Mahagoniholz. Darüber saß tief in die Stirn gerückt ein Dreispitz, wie ihn die Gardisten des Fürsten Philipp trugen – gesäumt von einer Goldborte als Zeichen für die höheren Ränge. Unter dem Hut quoll überraschend langes kastanienbraunes Haar hervor. Es war kein Gardist, der hier mit kühlem Adlerblick den Lagerraum betrat. Es war eine Gardistin.

Sie ließ ihre beiden Begleiter am Eingang warten und begab sich allein und mit vorsichtigen Schritten in den Raum. Sie trug eine Fackel, und Elias konnte sie durch einen Riss in der Karossenwand gefahrlos beobachten. Trotzdem schlug ihm das Herz bis zum Hals.

Die Gardistin inspizierte genauestens den Boden. Ihr entging nichts. Weder der holprige, fast staublose Stein des Durchganges, noch die unberührte Staubdecke des übrigen Raumes.

Fast unberührt.

Ein Spur aus kleinen, etwa Daumennagel großen, fast kreisrunden Stapfen führte durch den Staub bis zur Karosse. Die Spuren der Stelzen.

Elias hoffte, dass seine List aufgehen würde.

Die Gardistin musterte die Spuren, das Gerümpel, die Karosse und wieder die Spuren. Hinter ihrer Stirn ratterte ein nüchterner, aber ungemein scharfer Verstand.

„Was gibt es, Leutnant Tolmera?", fragte einer der Gardisten, dem es zu langweilig wurde.

„Eine merkwürdige Spur", erwiderte Tolmera knapp, dann sann sie wieder nach.

Sie war Anfang zwanzig und nicht viel kleiner als ein durchschnittlicher Mann. Die gestählten Muskeln verbarg sie hinter einer katzenhaften Geschmeidigkeit. Schon mancher Soldat in ihrem Regiment hatte sich davon täuschen lassen und war im Wettstreit von einem ihrer gezielten Kinnhaken zu Boden geworfen worden. Ihre Gesichtszüge waren gleichsam kantig wie schön, eine seltsame Mischung aus Weiblich- und Männlichkeit. Sie trug die übliche Uniform der Gardisten mit dem eleganten Waffenrock, der den schnellen Griff zum Degen erlaubte.

Der andere Gardist schaute um den Torbogen herum. „Eine Tierspur", sagte er leichthin.

„Ein Marder oder so was", fügte der erste hinzu.

„Das könnte sein", gab Tolmera kühl zurück. Sie wurde aus dieser Spur nicht schlau. Sie kannte kein Tier, das solche Stapfen hinterließ. Aber wer wusste schon, was tief unter Schloss Howarde so alles kreuchte und fleuchte. Außerdem war es nicht sehr wahrscheinlich, dass die entflohenen Gefangenen etwas damit zu tun hatten.

Sie wollte sich schon abwenden und den Raum durchqueren, als Agathe sich bewegte. Das Polster gab ein feines Quietschen von sich.

Tolmeras Kopf zuckte herum. Ihre zusammengekniffenen Augen glühten im Fackellicht wie schmale Glutstücke. „Was war das? Das kam von der Karosse."

Agathe lag jetzt starr vor Schreck. Sie verfluchte sich selbst.

Elias schoss das Blut heiß durch den Körper. „Diese blöde Gans vom Hohen Stand", dachte er, „schafft es noch nicht einmal, ein paar Herzschläge lang still zu sein. Jetzt ist es aus." Gebannt sah er auf die drei Gardisten, die jetzt alle im Raum standen.

Tolmera setzte den ersten Fuß neben die Spur. Staub wirbelte auf wie Mehl in einer Backstube. Sie machte noch einen Schritt. Leise, fast lautlos glitt ihr Degen aus dem Gürtel.

Elias folgte wie magnetisiert jeder ihrer Handlungen. Da spürte er die feine Bewegung in seiner Tasche.

„Jonathan", schoss es ihm durch den Kopf.

Schnell, aber leise holte er die Maus hervor und flüsterte ihr ins Ohr: „Los, zeige dich, Jonathan."

Glücklicherweise machten die beiden männlichen Gardisten so viel Lärm, dass niemand seine Worte hörte. Niemand außer Jonathan.

Und der verstand.

Tolmera stand jetzt geduckt wie eine sprungbereite Katze etwa drei Schritte vor der Karosse und versuchte hineinzuspähen.

Da sprang eine hellbraune Maus hervor, krabbelte über die Kante an der Karossentür, hielt einen Moment inne und äugte mit zitternden Schnurhaaren in den Raum. Dann huschte sie flink wieder in die Karosse hinein.

Tolmera schaute ihr verdutzt hinterher.

Die beiden Gardisten brachen in wieherndes Gelächter aus.

„Leutnant Tolmera, der Schrecken der Howarder Unterwelt", krächzte der eine.

„Hauptmann Tornstahl wird nicht begeistert sein, wenn Ihr ihm nur eine Maus bringt", brüllte der andere und schlug sich auf die Schenkel.

Tolmera drehte sich langsam zu den beiden herum und machte mehrere geschmeidige Schritte auf sie zu, bis sie ganz dicht vor ihnen stand. Dann sagte sie leise, aber mit einer Stimme, die so gefährlich klang wie das Zischeln einer Giftschlange: „Und er wird noch weniger begeistert sein, wenn er hört, dass sich zwei seiner Leute in einem Raum voller Gerümpel das Genick gebrochen haben."

Schlagartig verstummte das Gelächter. Die beiden Gardisten sahen ihre Vorgesetzte erstaunt an und zweifelten keinen Deut daran, dass sie die unausgesprochene Drohung in die Tat umsetzen würde. Und könnte.

So duckten sie sich unterwürfig und folgten ihr aus dem Raum hinaus. Es dauerte nicht lange und die Kinder waren wieder alleine mit sich und der Dunkelheit.

„Das war knapp", flüsterte Elias.

„Wie gut, dass deine Maus rechtzeitig aufgetaucht ist", seufzte Agathe.

„Es wäre nicht nötig gewesen, wenn du dich leise verhalten hättest."

„Aber mich hat etwas in den Rücken gepikt."

„Dann sei froh, dass es nicht der Degen von Leutnant Tolmera gewesen ist. Dann sähe dein Prinzesschen-Hintern jetzt wie ein Nadelkissen aus."

„Ich bin keine Prinzessin."

„Aber du benimmst dich so!"

„Und du hast überhaupt kein Benimm, du ungehobelter Klotz, du Rüpel, du dreckiger …"

„Ho, ho, ho, das klingt aber nicht sehr damenhaft."

„Ach, lass mich in Ruhe!"

„Das werde ich. Ist sowieso besser, wenn wir uns eine Weile still verhalten. Die kommen garantiert zurück."

„Woher weißt du das?"

„Ist nur so ein Gefühl."

Agathe brummelte noch irgendetwas, das Elias nicht verstehen konnte. Dann verfiel sie in Schweigen. Elias lauschte der Stille, in der sich nichts rührte. Er spürte die Wärme Jonathans, der sich in seine Hand gekuschelt hatte. Die Zeit verstrich quälend langsam. Und die Stille war hart wie Stein.

Nach einer Weile hielt es selbst der Gauklerjunge nicht mehr aus und begann ein Gespräch.

„Was spielt ihr eigentlich?" Diesmal war es eine Frage.

„Wie bitte?"

„Was spielt ihr Kinder vom Hohen Stand. – Stelzen laufen jedenfalls nicht."

„Äh, nein."

„Ringe treiben?"

„Nein."

„Bockspringen?"

„Auch nicht."

„Kannst du wenigstens Himmel und Hölle?"

„Was ist das?"

„Was macht ihr denn dann den ganzen Tag?"

„Lernen."

„Lernen? – Was?"

„Lesen. Schreiben. Rechnen. Latein. Griechisch. Und natürlich Französisch."

„Ach so. Und macht es Spaß?"

„Nein." Agathe überlegte eine Weile. In der Tat gab es kaum Dinge in ihrem täglichen Leben, die ihr wirklich Freude bereiteten. „Tanzen", sagte sie plötzlich. „Tanzen ist nicht übel. Und es ist zurzeit *à la mode*."

„Hä?"

„Das heißt, es ist gerade modern. König Ludwig tanzt selber sehr gerne."

Elias zögerte, dann fragte er: „Tanzen etwa Jungen mit Mädchen zusammen?"

„Natürlich, was denkst du denn? ‚Der Herr gibt sich galant, die Dame elegant', wie mein *Maître de danse* immer zu sagen pflegt."

„Hm", machte Elias und verkniff sich die Frage, wer wohl dieser komische Mätredings war. Stattdessen sagte er: „Wir Gaukler tanzen auch gerne und viel. Meistens am Lagerfeuer. Da geht es immer herrlich wild und ausgelassen zu." Er hielt einen Moment inne und fragte: „Sind eure Tänze auch wild und ausgelassen?"

„Nein. Sie folgen ganz bestimmten Regeln und komplizierten Schrittfolgen. Man muss aufpassen und sich anstrengen. Aber wer es gut macht, wird bewundert."

„Und wer es nicht gut macht?"

„Der wird mit Spott und Schadenfreude belohnt."

„Dann geht es ja gar nicht um die Freude beim Tanzen und eure Tänze sind starr und ohne Leben."

„Ach, davon versteht ihr nichts, ihr vom einfachen Volk!"

Es hatte schnippischer geklungen als beabsichtigt. Denn im Grunde ihres Herzens gab Agathe dem Gauklerjungen recht. Die höfischen Tänze waren genau wie ihr ganzes Leben hölzern und blutleer. Alles folgte einem festen Regelwerk, dem höfischen Zeremoniell. Jeder freie Gedanke, jede ungewöhnliche Idee, jeder Ausbruch von Gefühlen musste sich der steifen Etikette beugen. Es gab kaum Platz für den eigensinnigen Kopf eines zwölfjährigen Mädchens. Und doch hatte Agathe es immer wieder geschafft, ihren eigenen Willen durchzusetzen.

Oft hatte sie sich davongeschlichen. Während der Hofmeister sie suchte, um ihr Buchstaben und Zahlen beizubringen, hatte sie sich auf die Suche nach aufregenderen Dingen gemacht. Sie hatte alle Zimmer des königlichen Schlosses untersucht – und Versailles hatte unglaublich viele davon. Sie hatte sich hinter schweren Vorhängen versteckt und war auf den Dachböden herumgekrochen.

Von Abenteuern hatte sie in Büchern gelesen und sehnsüchtig aus dem Fenster in den gestutzten Schlosspark geschaut. Und sie hatte sie beneidet und zugleich gehasst, jene vom einfachen Volk. Denn immer waren es die einfachen Bauernjungen, die Soldaten, die Handwerkerburschen, die in den Geschichten in die Welt hinauszogen und sich großen Gefahren stellten. Manchmal auch edle Ritter, aber nie Mädchen vom Hohen Stand.

Sie seufzte. Es klang in der schweigenden Dunkelheit wie eine kleine Explosion.

Schlagartig wurde ihr bewusst, dass sie sich gerade mitten in einem Abenteuer befand. Doch es war ganz anders, als sie erwartet hatte. Gar nicht romantisch. Und bei dem Jungen neben sich wusste sie nicht, ob er Freund oder Feind war. Genau genommen wusste sie gar nichts über ihn.

Um das zu ändern, fragte sie: „Was ist mit dir? Wie bist du …?"

„Still!", unterbrach sie Elias. „Da kommt jemand."

Er musste Ohren wie ein Luchs haben, denn Agathe hörte die Stimmen erst, kurz bevor zwei Personen aus dem Gang traten, in dem die drei Gardisten vorhin verschwunden waren. Unruhiges Fackellicht offenbarte zwei bekannte Gesichter. Die Kinder wurden stocksteif, als sie sie erkannten.

Tolmera und Hauptmann Tornstahl.

Sie waren in ein hitziges Gespräch vertieft und bemerkten gar nicht, dass sie in dem Lagerraum stehen blieben.

„Du musst die beiden finden, Tolmera, um jeden Preis", sagte Tornstahl laut.

„Dann solltet Ihr mir vielleicht erst einmal offenbaren, nach wem ich eigentlich suche."

Hauptmann Tornstahl kniff die grünblauen Augen zusammen und nickte. „Der eine Gefangene ist ein junger Gaukler. Ich habe noch eine Rechnung mit ihm offen. Ich mag es nämlich gar nicht, wenn jemand denkt, er sei schlauer als ich."

Elias musste unwillkürlich grinsen.

„Ich möchte ihm zu gerne persönlich jeden Knochen im Leibe brechen", fügte Tornstahl hinzu.

Elias' Grinsen erstarb. Er spürte ein ganz flaues Gefühl im Magen.

„Und der andere Gefangene?"

„*Die* Gefangene. Ist wesentlich wertvoller. Es ist die Tochter des Obersten Königlichen Beraters."

Tolmera pfiff anerkennend durch die Zähne.

„Sie darf auf keinen Fall dieses Kellerlabyrinth verlassen."

Agathe horchte auf.

„Warum nicht?", stellte Tolmera die gleiche Frage, die auch das Mädchen bewegte.

„Sie ist eine Gefahr für die Pläne des Fürsten."

Agathe stutzte. Sie sollte eine Gefahr darstellen? Für den Fürsten Philipp? Und für welche Pläne?

Tolmera hatte den gleichen Gedanken: „Was für Pläne?"

„Das geht dich zurzeit nichts an", erwiderte der Hauptmann schärfer als beabsichtigt.

Tolmera zuckte zusammen, als hätte sie eine Ohrfeige bekommen.

Tornstahl bemerkte es und sprach versöhnlicher: „Tolmera, du weißt, dass ich dir voll und ganz vertraue. Aber in dieser Sache ist Geheimhaltung von größter Wichtigkeit. Je weniger davon wissen, desto besser."

Tolmera senkte einsichtig den Kopf.

Tornstahl fuhr fort: „Es ist Großes im Gange. Etwas, das das Königreich verändern wird. Bisher sind nur drei Menschen eingeweiht. Der Fürst. Ich. Und eine dritte – für den Plan unerlässliche – Person. Deshalb ist es umso wichtiger, dass die Gefangene nicht entkommt. Sie weiß etwas, das sie nicht wissen sollte."

Agathe war gänzlich verwirrt. Was in drei Teufels Namen sollte sie wissen?

Tornstahl räusperte sich, dann befahl er mit einer Stimme, die keinen Widerspruch duldete: „Du haftest persönlich dafür, Tolmera, dass die Gefangene nicht entkommt!"

Tolmera nickte.

„Sie darf diesen Berg in den nächsten zwei Tagen nicht verlassen."

Zwei Tage? Was geschah in den nächsten zwei Tagen? Und was hatte sie damit zu tun? Agathe konnte sich keinen Reim darauf machen. Allerdings verstand sie das Folgende allzu gut.

„Die Gefangene darf nicht entfliehen. Mir sind alle Mittel recht, sie wieder in Gewahrsam zu bringen. Am liebsten unversehrt. Aber wenn es gar nicht anders geht …“, Tornstahl ließ den Rest unausgesprochen. Aber die Geste, die er hinzufügte, war deutlich genug. Er fuhr sich mit der Handkante am Hals entlang. Als sei sie ein Beil.

Agathe stockte der Atem.

Atemlos

Agathe taumelte benommen hinter Elias her. Sie konnte es immer noch nicht fassen. Hatte Hauptmann Tornstahl es Tolmera tatsächlich erlaubt, sie … sie umzubringen? Wieso? Agathe wusste es nicht. Sie wusste gar nichts mehr. Ihr schwirrte der Kopf. Nur ein Gedanke hatte sich in ihren Verstand gebrannt wie ein glühender Eisennagel: Sie musste hier raus.

Es blieb ihr nichts anderes übrig, als dem dreckigen Gauklerjungen vor ihr zu vertrauen. Auch wenn sie immer noch nicht mehr über ihn wusste, als dass er Stelzen laufen konnte und ausgelassene Tänze tanzte.

Ach ja, und dass er eine niedliche Maus besaß, die ihnen nun schon zum zweiten Mal aus der Patsche geholfen hatte.

Der Kerzenstummel wurde immer kleiner, während sie durch die Gänge schlichen. Aber für ein, zwei Stunden würde er wohl noch Licht spenden. Endlich erreichten sie den ersten Kellerraum mit einer Tür. Einer Tür nach draußen.

Doch als sie versuchten hinauszugelangen, wurden sie bitter enttäuscht. Die dicken, ungehobelten Bretter dieser Tür waren von außen mit einer soliden Kette und einem monströsen Schloss versperrt. So sehr Elias auch daran rüttelte, sie ging nicht auf. Und das Schloss, das er vielleicht hätte knacken können, war für seine Hände unerreichbar.

Sehnsüchtig spähten die beiden durch die Spalten zwischen den Brettern in die Freiheit. Es war Abend geworden. Über den Gassen von Howarde lag schon die Dunkelheit – fleckig und abstoßend wie ein räudiger Hund.

„Wir müssen einen anderen Weg finden", sagte Elias und drehte sich um. Ohne zu zögern, schritt er durch den Keller und verschwand in dem nächsten Gang.

Agathe jedoch verweilte und ließ die geweiteten Augen durch den Raum huschen. Es war ein Vorratsraum. Auf Regalen lagerten Äpfel und Birnen. Daneben Rüben. Und in einem dunklen Geschoss sogar jene neumodischen Früchte, die erst vor Kurzem den Speisetisch der heimischen Bevölkerung erobert hatten: Kartoffeln.

Agathes Bauch meldete sich und sie spürte den Hunger wie ein wildes Tier in ihrem Inneren rumoren. Ein letzter Lichtstrahl, der durch einen Bretterspalt hereinfiel, ließ einen der Äpfel glänzen wie das goldene Zepter des Königs. Agathes Verlangen wurde übermächtig. Die Helden in ihren Büchern litten nie so großen Hunger – jedenfalls war er beim Lesen nicht zu spüren, wenn man mit gut gefülltem Bauch in einem weichen Sessel saß.

Agathes Arm zuckte unwillkürlich vor und ihre Hand berührte zitternd den Apfel. Das Wasser lief ihr im Mund zusammen.

„Was ist?", zischte Elias vom Gang her. „Kommst du endlich?"

Erschrocken zog Agathe die Hand zurück.

Man stiehlt nicht, schoss es ihr durch den Kopf. Sie spürte, wie sie rot anlief. Das war gegen das Gesetz des Königs. Nur die Leute vom einfachen Volk nahmen es damit nicht so genau.

Sie stolperte zu Elias hinaus, konnte aber nicht verhindern, dass ihr Magen laut protestierte. Elias hielt ihr die Kerze vors Gesicht und musterte sie eine Weile mit einem undeutbaren Blick.

Die Anstrengung hatte tiefe Spuren in Agathes Miene hinterlassen. Ihr prachtvolles Kleid war schmutzig und zerrissen, ihr Haar zerzaust, die Haarschleife längst verloren. Nur das feine weiße Rüschenhalstuch, das sie immer wieder hilfesuchend berührte, zeugte noch von ihrer noblen Herkunft. Einmal mehr fragte er sich, wie sie in Gefangenschaft hatte geraten können.

Mit einem Mal tat sie ihm leid. Wie musste sie sich fühlen, so plötzlich aus ihrem gewohnten Umfeld gerissen und hineingeschleudert in Dreck und Elend. Und welche Rolle spielte sie in den Plänen des Fürsten? Mit einem Ächzen vertrieb er das Mitgefühl. War es ihm selbst nicht genauso ergangen, als der Schwarze Tod seine Eltern dahingerafft hatte? Wer hatte mit ihm Mitleid gehabt?

Er drehte sich um und ging weiter.

Schon im nächsten Raum hörten sie das Lärmen der Gardisten. „Zurück", fluchte Elias. „Ich fürchte, wir müssen vorerst wieder tiefer in den Berg hinein."

Hinter mancher Ecke hörte man das Klirren von

Degengehängen, das Flüstern von unbarmherzigen Stimmen, sah man das Tanzen von bewaffneten Schatten.

Und doch wurden die Kinder nicht erwischt. Die Gardisten suchten ziemlich planlos. Im Netz der Fänger gab es genügend Löcher, durch die die Kinder schlüpfen konnten. Außerdem machten die Gardisten Lärm wie wütende Kettenhunde. Und der Gauklerjunge besaß ein erstaunliches Geschick, der Meute aus dem Wege zu gehen.

Trotzdem wäre es wohl besser, sich nach einem richtigen Versteck umzusehen, überlegte Elias. Denn allmählich schritt die Nacht immer schneller heran und beide Kinder spürten die Müdigkeit bleiern in den Knochen.

Agathe war sogar zu erschöpft, um noch irgendeinen klaren Gedanken zu fassen. Bereitwillig ließ sie sich von dem Gauklerjungen an der Hand hinter sich herziehen.

Endlich erreichten sie einen großen, fensterlosen Raum – auch dieser ohne direkten Ausgang nach draußen. Aber er besaß etwas, über das Elias sich freute wie über eine Schatztruhe.

Der Raum war eine Schmiede. Die Wände vom Ruß geschwärzt, der Boden mit verglühten Eisenspänen übersät. In der Mitte stand wohl der größte Amboss, den Elias jemals gesehen hatte. Fast so groß wie ein halber Ochse.

Agathe war noch nie in einer Schmiede gewesen und schaute sich trotz Müdigkeit mit staunenden Augen um. Sie musterte die vielen Werkzeuge, die fein säuberlich an den Wänden hingen. Zangen, Hämmer, Feilen, Ahlen – alles, was ein guter Schmied so braucht. In einer Ecke stapelten sich halbfertige Schmiedeteile – meist Sichel- und

Sensenblätter. Aber es gab auch Eisenstücke, die vermutlich einmal Waffen werden würden.

„Perfekt", jauchzte Elias.

„Was ist perfekt?", keuchte Agathe abfällig. „Die Mistgabeln oder die Schwertklingen?"

Elias zog sie stumm um den Amboss herum und hielt den Kerzenstummel, der bald sein Lebenslicht aushauchen würde, hoch. Er zeigte auf einen viereckigen Kasten an der Wand.

„Weißt du nicht, was das ist?"

Agathe zuckte mit den Achseln.

„Das ist die Esse", erklärte Elias. „Für die glühenden Kohlen. Dort macht der Schmied das Eisen heiß."

„Ich weiß, was eine Esse ist", entgegnete Agathe unwirsch. „Und was soll daran perfekt sein?"

„Nun, ich meine nicht die Esse, sondern das darüber." Elias wies auf die trichterförmige Säule.

Agathe runzelte die Stirn. „Das ist ein Kamin."

„Ja, und zwar ein riesiger. So riesig", er blickte Agathe mit ernstem und zugleich freudigem Blick an, „dass sich zwei Kinder bequem darin verstecken können."

„Verstecken? In dem Kamin? Du meinst, wir sollen da hineinkriechen?"

„Nicht kriechen, klettern. Die meisten Schmiedekamine haben nach etwas mehr als Manneshöhe einen Knick. Dort ist ein schmaler Absatz, wo sich das Regenwasser sammeln kann. Ein Schutz, damit das Wasser nicht direkt in das Feuer tropft."

Agathe schaute den Gauklerjungen verständnislos an.

„Ich wette, dass dieser Absatz ein wunderbares Bett für deinen Prinzesschen-Hintern ist."

„Das ist nicht dein Ernst!"

„Dass du einen Prinzesschen-Hintern hast?"

Agathe entging seine Frechheit. Sie schüttelte ungläubig den Kopf. „Erst willst du, dass ich auf deinen Rücken klettere und jetzt in einen schmutzigen Kamin. Und dann soll ich auch noch die Nacht dort verbringen?"

Elias nickte strahlend. „Willst du lieber die Nacht mit Hauptmann Tornstahl verbringen?"

Agathe schluckte.

Schließlich ergab sie sich in ihr Schicksal. Sie war auch viel zu müde, um lange mit dem Jungen zu streiten. Sie kletterte in die Esse, in der sich noch ein Haufen nicht abgebrannter Kohlen befand, und machte einen letzten Einwand. „Und was ist, wenn der Kamin benutzt wird und darin ein Feuer entfacht wird, während wir schlafen?"

„Dann bekommen wir wenigstens keinen kalten Hintern", antwortete Elias trocken. Agathe wollte wütend auffahren, als Elias ihr den Wind aus dem Segel nahm: „Das war ein Witz. Du vergisst, dass gerade alle Handwerker oben in der Stadt sind. Entweder arbeiten sie für den Fürsten an seinem grandiosen Fest oder sie nutzen die Feiertage zu einem derben Besäufnis. Garantiert arbeitet hier zurzeit niemand."

Agathe ließ es zu, dass Elias sie in den Kamin schob. Er war gut zwei Klafter breit und ein Klafter tief. Die Wände waren aus grobem Bruchstein gemauert, weshalb es genug Halt für Füße und Hände gab. Trotzdem brauchten sie bestimmt eine Viertelstunde, bis sie gut vier Schritte über dem Boden auf einem schmalen Sims saßen.

Es war nicht gerade ein Bett, aber Agathe war so erschöpft, dass sie den harten Stein nicht spürte. Sie lehnte sich an die Ruß überzogene Wand und schlief sofort ein. Sie bekam nicht mehr mit, wie der Gauklerjunge mit einem besorgten Blick auf den Kerzenstummel die Flamme ausblies.

„Wir brauchen dringend etwas zum Leuchten", sagte er zu Jonathan. „Sonst sind wir blind wie die Maulwürfe." Er seufzte und schaute nach oben. Viele Schritte über ihm sah er das Ende des Kamins vor dem sternenbekränzten Nachthimmel. Leider war es vergittert, sodass man unmöglich hinausklettern konnte. Er sah zu dem Mädchen hinüber. Das Sternenlicht verlor sich irgendwo oben im Schornstein, aber ganz, ganz vage konnte er ihre Umrisse erkennen.

„Ohne das Prinzesschen ginge es mir besser", brummte er. „Da hätte ich schon längst einen Ausweg gefunden."

Er suchte eine möglichst bequeme Stellung und schloss die Augen. Trotz ihrer verzweifelten Lage stahl sich ein Lächeln auf seine Lippen. Er hatte ja schon viel erlebt und auch an den unmöglichsten Stellen geschlafen.

Aber noch niemals in einem Kamin.

Im Kamin

Agathe wachte von einem lauten Knurren auf.

Zuerst glaubte sie, es wäre einer der Jagdhunde des Königs, die sie manchmal besuchten. Dann bemerkte sie, dass sie gar nicht in ihrem Bett lag, sondern …

… in einem schmutzigen Kamin. Alles fiel ihr wieder ein. Und schon wieder knurrte es. Es war kein Tier, es war ihr Magen.

„Hunger?", fragte eine Stimme aus der Dunkelheit. Agathe konnte Elias nicht erkennen. Die Nacht hockte noch im Kamin wie eine fette schwarze Spinne und das Himmelsviereck über ihnen war ein finsteres Netz ohne ein einziges Loch. Die Sterne leuchteten nicht mehr.

Agathe versuchte, sich zu recken. Sie fühlte sich wie gerädert und ihre Beine waren eingeschlafen. Aber das Schlimmste war … wieder knurrte ihr Magen. „Und wie!", gab sie Elias zur Antwort.

Der Junge streckte ihr etwas entgegen. „Hier!"

Agathe tastete danach, fühlte etwas Glattes, Kugelförmiges. Als sie daran schnupperte, erkannte sie, was es war: ein Apfel. Wie eine Besessene biss sie hinein. Kaute und schluckte, schluckte und kaute. Es war der köstlichste Apfel, den sie jemals gegessen hatte. Beim letzten Bissen hielt sie plötzlich inne.

„Woher hast du ihn?", fragte sie streng.

„Aus dem Vorratskeller, in dem wir gestern waren."

„Du hast ihn gestohlen?"

„Nein, ich habe ihn gekauft", flachste Elias. „Habe einen ganzen Louisdor dafür zurückgelassen." Als Agathe stumm blieb, fügte er verärgert hinzu: „Natürlich habe ich ihn gestohlen. Und nicht nur den. Auch den hier. Und den. Und diese Rübe hier!" Er hielt die Sachen in die Dunkelheit. „Willst du sie?"

Agathe saß mit offenem Mund da. Sie konnte die Dinge nicht sehen, wohl aber riechen. Sie hätte niemals geglaubt, dass ein paar Äpfel und eine Rübe so einen herrlichen Duft verströmen könnten. Und doch spürte sie Unmut. Sie hatte sich gestern mit aller Gewalt zurückgehalten. Und dieser miese kleine Gaukler hatte sich die Taschen vollgestopft. „Du ... du ...", zeterte sie. „Du stiehlst. Du bist ein Dieb. Das ist typisch."

„Was soll das heißen?", entgegnete Elias ungehalten.

„Du lebst dein Leben wie alle Leute vom einfachen Volk: unehrenhaft."

„Es geht nicht um Ehre."

„Sondern?"

„Ums Überleben." Als er merkte, dass sich das Mädchen mit der Antwort nicht zufriedengeben würde, fragte er sie: „Musstest du schon einmal hungern?"

Agathe verneinte.

„Ich schon, viele Male. Am schlimmsten ist es im Winter. Du hast das Gefühl, dein Bauch hat ein Loch. Und durch das Loch kommt die Kälte. Und dann ist sie das Einzige, das frisst. Sie frisst dich auf. Stück für Stück. Und zum Schluss schnappt sie nach deinem Herzen."

Agathe kroch ein kalter Schauer wie ein unsichtbarer Tausendfüßler den Rücken hinauf. Sie hatte nie daran gedacht, dass es Leute gab, die Hunger litten. Am Hofe des Königs hungerte man nicht. Man konnte sich satt und kugelig essen. Und es gab so viele herrliche Leckereien, von denen Elias vermutlich noch nie gehört, geschweige denn gekostet hatte. Am Hof des Königs fror man auch nicht. Es gab Dutzende von Kaminen, die den Winter vertrieben – wie bellende Hunde einen Hausierer.

Verlegen senkte Agathe den Kopf und drehte das letzte Stück Apfel zwischen den Fingern.

Elias deutete ihr Schweigen richtig. „So hungrig, wie du dich jetzt fühlst, fühlte ich mich schon oft. Und mit mir viele vom einfachen Volk. Vielleicht denkst du jetzt etwas besser über uns."

„Trotzdem ist es Diebstahl", erwiderte Agathe leise und steckte sich doch den letzten Bissen in den Mund.

Eine Weile schwiegen beide, dann begann Elias erneut das Gespräch. „Du hast eben von Ehre geredet. Wie ehrenhaft leben denn die Reichen vom Hohen Stand? – Ist es ehrenhaft, wenn sich die feisten Hofschranzen am Tisch des Königs vollstopfen, bis ihre Bäuche platzen? Ist es ehrenhaft, wenn Fürst Philipp sein Volk auspresst, damit er mit den Steuern ein prachtvolles Schloss bauen kann? Oder schlimmer: Unsummen durch seine Spielleidenschaft verprasst?"

Agathe antwortete nicht.

„Wenigstens arbeiten wir Gaukler, um unser Überleben zu sichern. Auch wenn diese Arbeit in deinen Augen vielleicht manchmal unehrenhaft ist. Was dagegen tut der König?"

„Er beschützt uns."

„Wovor?"

„Vor Feinden. Vor bösen Leuten."

Jetzt war Elias einen Moment still, doch es war ein kurzer Moment. Dann sprach er umso schärfer: „Und wo war der König, um uns vor Hauptmann Tornstahl zu schützen?"

Agathe schwieg.

„Warum jagt er dich überhaupt?", fragte Elias nach einer Weile.

„Ich weiß es nicht", gab Agathe zurück.

„Aber du musst doch wissen, warum du in den Kerker gekommen bist."

„Ich weiß, *wie* ich hineingelangt bin, aber nicht *warum*."

„Erzähl."

„König Ludwig ist seit ein paar Tagen bei Fürst Philipp zu Besuch. Zu Ehren des Drachenstichs. Es ist das höchste Fest, das hier im Fürstentum gefeiert wird, und dieses Jahr jährt es sich zum hundertsten Mal. Es heißt, dass Fürst Philipp das beeindruckendste Fest vorbereiten lässt, das man jemals gesehen hat. Du weißt ja, er und der König sind Brüder. Und bestimmt will Philipp seinen Bruder beeindrucken, damit er ihm hohe Ämter zuspricht oder Gelder für seinen ausschweifenden Lebenswandel. Das glaubt jedenfalls mein Vater."

Elias schwieg. Diese Ränke vom Hohen Stand interessierten ihn nicht sonderlich.

„Meine zweitälteste Schwester und ich haben meinen Vater begleitet. Ich wollte meiner Kammerfrau entgehen. Seit Wochen nervt sie mich mit Heiratsvorschlägen. Dabei will ich mir über so etwas noch keine Gedanken machen. Na ja, und da sie schon so alt ist, konnte sie die Reise nach Howarde nicht mitmachen. Und auf Schloss Howarde bin ich auch noch nie gewesen. Ich war neugierig. Als wir hier ankamen, bin ich auf Entdeckungstour gegangen. Und ganz plötzlich …"

Sie verstummte kurz, um ihren knurrenden Magen zu reiben.

Elias brach die Rübe in zwei Hälften und gab Agathe eine. „Und dann?"

Agathe nahm die Rübe und aß sie diesmal kommentarlos. Zwischen den Bissen erzählte sie weiter: „Plötzlich stand ich in einem Zimmer. Direkt vor Fürst Philipp und Hauptmann Tornstahl. Sie müssen ein hitziges Gespräch gehabt haben, denn beide wirkten sehr erregt. Aber als ich eintrat, verstummten sie sofort. Ich habe mich natürlich entschuldigt, aber die beiden haben mich angestarrt, als trügen sie Totenmasken. Und dann ging alles ganz schnell."

Agathe musste ein Schluchzen unterdrücken, als sie an diesen Tag dachte, der ihr wie Jahre zurückliegend vorkam und doch erst gestern gewesen war. „Fürst Philipp gab dem Hauptmann ein Zeichen. Der packte mich grob, hielt mir den Mund zu und schleifte mich wie einen Sack Hafer in den Kerker. Na ja, den Rest kennst du. Ich war höchstens ein paar Stunden dort, als er dich anschleppte."

„Hm", machte Elias. „Und sie haben nicht gesagt, warum sie dich in den Kerker stecken?"

Agathe schüttelte den Kopf. „Der Fürst hat überhaupt kein Wort gesprochen und der Hauptmann hat nur ein Liedchen vor sich hingepfiffen und zwischendurch kalt gegrinst, als sei ich seine Beute. Er lieferte mich beim Kerkermeister ab und befahl ihm, gut auf mich aufzupassen. Und er hat mir …" Agathe liefen die Tränen über die Wangen. „… mir eine Ohrfeige verpasst, weil ich ihn in die Hand beißen wollte. Noch niemals hat mich jemand geschlagen."

Elias blieb ungerührt. Er konnte die Schläge gar nicht mehr zählen, die man ihm in seinem Leben gegeben hatte. „Weißt du wenigstens, worüber die beiden gesprochen haben, als du in das Zimmer kamst?"

„Nein. Vor der Tür habe ich nichts gehört, sonst wäre ich ja nicht hineingegangen. Und als ich drin war, verstummten sie."

„Aber warum jagen sie dich dann? Es muss etwas verdammt Wichtiges sein, wenn Tornstahl der Gardistin gestattet …", er zögerte, „… bis zum Äußersten zu gehen."

Agathe schluchzte laut auf.

„Tut mir leid. Aber so ist es doch. Hast du vielleicht in dem Raum etwas Sonderbares gesehen?"

Agathe versuchte sich zu konzentrieren. „Nein."

„Dann muss es etwas mit diesem Gespräch zu tun haben. Hauptmann Tornstahl hat doch zu Tolmera gesagt, dass du etwas weißt, das du nicht wissen sollst."

Agathe zuckte die Schultern. „Ich habe nichts gehört, zumindest habe ich nichts verstanden. O, ich weiß nicht. Es ging alles so schnell. Und du kannst mir glauben, dass ich mir schon die ganze Zeit den Kopf zerbreche. Ich begreife es nicht. Immerhin bin ich die Tochter von Albert von Fähe, und die sperrt man nicht einfach ein."

„Jetzt klingt sie wieder wie eine hochnäsige Ziege", dachte Elias. Eben war sie ihm recht nett vorgekommen. Er warf einen Blick nach oben. Langsam färbte sich das Himmelsviereck grau.

Agathe schaute ebenfalls kurz hinauf, bevor sie entschlossen sprach: „Eines steht jedenfalls fest. Ich muss hier raus! Dann werde ich mit meinem Vater sprechen. Und dann können Tornstahl und Philipp etwas erleben."

„Falls du es lebend hier raus schaffst", dachte Elias und versuchte, Licht zu machen. Doch leider gelang es ihm nicht mehr, den Kerzenstummel zu entzünden.

„Was machen wir jetzt?", fragte Agathe voll aufkeimender Panik.

„Warten", gab Elias zurück und zeigte nach oben. „Und hoffen." Sie warteten, bis das frühe Morgenlicht ausreichte, um selbst den Schlot ein wenig zu erhellen, dann kletterten sie hinunter.

Als Agathe unten neben der Esse stand, war der Junge verschwunden. Durch den Kamin drang ein ganz schwaches Licht, eher ein Schatten, der nicht ganz so dunkel war wie alle anderen Schatten der Schmiede. Doch es reichte aus, um ein paar Schemen zu erkennen. Agathe schlug das Herz bis zum Hals, als sie die Bewegung hinter dem Amboss wahrnahm. Doch dann erkannte sie Elias.

Er war einer Eingebung gefolgt, hatte sich durch den Raum getastet und auf einem Steinsims, das als Regal diente, tatsächlich gefunden, was er erhofft hatte.

Es knisterte, als ein Funke vom Feuerstein auf den Zunderschwamm hüpfte. Kurz nur, dann flammte eine kleine, aber in der Dunkelheit umso heller erscheinende Flamme auf. Es roch nach duftendem Harz.

Elias hielt ein dünnes Stäbchen von der Länge einer Handspanne hoch. Ein Kienspan. Er brannte knisternd und fröhlich.

Agathe wusste, dass viele vom einfachen Volk, besonders die Handwerker, jene harzhaltigen Späne benutzten, um Licht zu machen, denn Kerzen waren viel zu teuer.

Elias hielt das brennende Kienholz hoch und erklärte: „Die brennen nicht lange, aber dafür habe ich ein ganzes Bündel gefunden. Für die nächsten Stunden haben wir also erst einmal genügend Licht. – Und bevor du etwas einwenden willst: Ja, ich werde sie stehlen. Oder willst du lieber im Dunkeln durch die Gänge tappen?"

Er verstaute das Bündel in dem wasserdichten Beutel, in dem er auch Zunder und Feuerstein verwahrte.

Agathe erwiderte nichts. Ihr Blick fiel auf ihre rabenschwarzen Hände. Ein Schreckensseufzer entfuhr ihr. Sie sah an sich herab. Nur mit Mühe konnte sie die Tränen zurückhalten. Auch ihr Kleid war schwarz wie die Haut eines Mohren. „Ich bin so schmutzig wie ein Bauerntölpel", sagte sie weinerlich. Die Helden in den Abenteuern waren nie so dreckig.

Elias musterte sie grinsend und entgegnete spöttisch: „Ja, und du stinkst wie ein geröstetes Schwein. Du könntest dringend eine Wäsche vertragen."

Wäschestube

Der Weg von der Schmiede durch den Berg nach oben verlief erstaunlich ruhig. Die beiden Kinder blieben vorsichtig, aber nirgendwo sah man den Zipfel eines Gardistenrockes. Nirgendwo das Flackern einer suchenden Fackel. Nirgendwo das Aufblitzen einer blanken Degenspitze.

„Vielleicht suchen sie uns nicht mehr?", wagte Agathe zu hoffen.

Elias schüttelte den Kopf. „Nein, es hat bestimmt einen anderen Grund. Und ich fürchte, wir werden noch herausfinden, welchen."

Schweigend schlichen sie weiter.

Dann hörten sie plötzlich ein leises Summen.

„Was ist das?"

„Ich weiß nicht." Elias löschte den Kienspan, doch die Dunkelheit griff nicht wie erwartet nach ihnen. Stattdessen drang aus dem Gang vor ihnen ein schwaches Leuchten. Genau vorn dort kam auch das Summen.

Vorsichtig gingen sie weiter.

Das Leuchten wurde heller, das Summen wuchs zu einem leisen Singen, in das immer mehr Stimmen einfielen. Begleitet von einem merkwürdigen platschenden Geräusch.

Sie spähten um eine Ecke. Elias' Miene hellte sich auf. Vor ihnen lag ein großes Gewölbe.

Eine Wäschestube.

Es war eine Besonderheit dieser Stadt. Denn in Howarde gab es keinen Fluss. Nur unten durch das Tal floss ein Strom, doch der war zu weit weg für die Frauen, um dort die Wäsche zu waschen. Deshalb war man schon vor langer Zeit auf die Idee gekommen, Wäschestuben einzurichten. In Howardes Berg entsprangen mehrere kleine Quellen. An einigen waren große Hallen gebaut worden, wo man das Wasser sammelte. Die meisten lagen inmitten des Handwerkerviertels.

Agathe hatte noch nie so viele Frauen waschen sehen. Neugierig schaute sie zu.

Die Halle, deren Tonnengewölbe von mehreren Pfeilern getragen wurde, war rechteckig, der Boden mit dicken Platten aus Granit gepflastert. Direkt durch die Mitte verlief eine steinerne Rinne, etwa einen Schritt breit und eine Elle tief. Darin floss sauberes Wasser. Allerdings blieb es nur so lange sauber, bis eine der etwa zwei Dutzend Waschweiber die schmutzigen Kleider, Hosen, Röcke und Hemden in die Rinne tauchten. Am unteren Ende, dort, wo die Kinder standen, floss es trübe und ölig in einen breiten Kanal, der in einem Tunnel verschwand. Rechts und links der Rinne standen große hölzerne Zuber mit Waschbrettern. Darin dampfte heißes Wasser. Und in mehreren Wandnischen brannten Feuer, über denen Wasser in dickbauchigen Kupferkesseln erhitzt wurde.

Die Waschweiber teilten sich die Arbeit. Einige spülten in der Rinne den gröbsten Dreck ab, andere warfen die Wäsche in die mit heißem Wasser gefüllten Zuber, zogen sie pausenlos über die geriffelten Bretter oder stießen sie mit Wäschestampfern in kleinere Bottiche. Wieder andere sorgten für die Feuer und trugen Holz oder eimerweise Wasser hin und her.

Über all dem Klatschen der nassen Wäsche, dem Prasseln der Feuer, dem Plätschern des Wassers lag das unentwegte leise Singen der Frauen, die sich damit die eintönige und anstrengende Arbeit etwas versüßten.

Elias ließ seinen Blick durch die Halle schweifen, auf der Suche nach einem Ausgang. Er entdeckte eine Treppe an der gegenüberliegenden Wand. Und oben neben der Treppe drei schmale Spitzbogenfenster. Helles Tageslicht stieß wie silberne Balken in den dampfenden Raum herein.

Elias wies hinauf. „Freiheit", gluckste er.

Agathe sah hoffnungsfroh nach oben. Doch als sie erkannte, dass ihr Weg dorthin mitten durch die lange Halle führte, genau durch das Gewusel der waschenden Frauen, trübte sich ihre Miene. „Da kommen wir nie hindurch. Bevor wir auch nur ein paar Schritte gelaufen sind, werden uns die Waschweiber umringen und festhalten. Es heißt doch, dass sie furchtbar neugierig sind."

„So sagt man", schmunzelte Elias. „Aber man sagt auch, dass sie furchtbar abergläubisch sind."

Er fuhr sich durch die schweißnassen Haare. Es war

heiß hier wie in der Hölle. Und genau das hatte ihn auf eine Idee gebracht.

„Wie sehe ich aus?", fragte Elias.

„So wie ich", erwiderte Agathe. „Als wärest du in ein Fass mit schwarzer Tinte gefallen."

„Gut", meinte Elias und machte einen Schritt nach vorne. Hinein ins Licht der Wäschestube.

Er räusperte sich laut, sodass fast alle Waschweiber gleichzeitig aufschauten. Sie sahen einen schwarzen Schemen mit glühenden Augen, der, wie es schien, soeben aus der schwarzen Felswand getreten war.

Und dieser Schemen sprach jetzt mit lauter Stimme: „Holla, wertes Weibsvolk!" Dabei verbeugte er sich vornehm. „Schöne Grüße aus der Hölle soll ich euch kundtun. Der Teufel lässt fragen, ob ihr heute auch sein Gewande waschen könntet?"

In der kurz einsetzenden Stille wirkten die Frauengesichter wie in bleichen Stein gemeißelt. Doch nach einem Wimpernschlag setzte ein Spektakel ein, das nicht nur Elias gefiel.

Die Frauen warfen schreiend die schon saubere Wäsche von sich, klatschten nasse Wäschestücke auf den Boden, dass es nur so spritzte, stießen in wirbelnder Hast Wassereimer um und flüchteten kreischend zum Ausgang. Dabei schrien sie immerzu: „Der Teufel!", „Dämonen!", „Höllengeister!".

Einige verpassten sich sogar kräftige Schläge mit den Bürsten, um möglichst als Erste die Treppe zu erreichen. Binnen weniger Augenblicke war die Wäschestube geleert und Elias drehte sich zufrieden zu Agathe um: „Na, wie habe ich das gemacht."

Zum ersten Mal sah Elias das Mädchen lächeln. Sie sah wirklich hübsch aus, wenn sie lächelte. Trotz der langen Nase, trotz des Rußes, der überall an ihr klebte. „Du bist großartig", lobte sie ihn.

Elias genoss ihr Lob nur kurz, dann wurde sein Gesicht ernst. „Komm, jetzt sollten wir möglichst schnell raus hier. Denn die Waschweiber schreien bestimmt ganz Howarde zusammen."

Schon drehte er sich um und lief an den großen Zubern vorbei. Doch er hatte noch nicht die erste Treppenstufe erreicht, als es von oben herabrief: „Wer ist dort unten?" Es war eine strenge, männliche Stimme, wenngleich sie jetzt ein wenig vor Furcht zitterte. Sie wiederholte die Frage: „Wer ist dort?"

Als immer noch keine Antwort kam, erschien ein Gesicht oben im Fensterbogen. Ein Dreispitz prangte über der Stirn. „Im Namen von Fürst Philipp, gebt Euch zu erkennen!" Ein zweiter Dreispitz erschien.

„Verflucht", dachte Elias. „Gardisten." Und dann wurde ihm schlagartig klar, warum der Weg von der Schmiede herauf so seltsam ruhig verlaufen war. Tornstahl hatte seine Suche inzwischen organisiert. Bestimmt hatte er an allen Ausgängen aus diesem Kellerlabyrinth Posten aufgestellt. Und einige von denen glotzten gerade von oben herein. Es würde nicht lange dauern, dann traute sich der Erste gewiss auf die Treppe.

Agathe hatte sich dicht an ihn gedrückt. Ihrem

Gesicht war selbst unter dem Ruß die Blässe des Schreckens anzumerken. „Wir stehen wieder am Anfang", keuchte sie. „Sie jagen uns wie die Hundemeute einen Fuchs."

„Ja", entgegnete Elias trotzig. „Aber noch ist der Fuchs nicht tot. Und ich wette, dass ihm auch noch ein paar Finten einfallen."

Damit drehte er sich um, ergriff eine brennende Fackel mit der einen Hand, das Mädchen mit der anderen und zerrte sie an Feuern und Zubern vorbei zurück in die Dunkelheit.

Auch wenn die Freiheit eben noch so nahe erschienen war, rückte sie jetzt wieder in weite Ferne. Die Kinder liefen in den Tunnel mit dem Kanal und folgten dem Bach, der sich schmutzig durch den nackten Felsen quälte. Es ging wieder dahin, wohin sie gar nicht wollten: zurück in den Berg.

Und diesmal hatten sie ein halbes Dutzend Gardisten auf den Fersen.

Irgendwann wurde aus dem schmutzigen Kanal allmählich ein fast sauberer Bach, denn nach und nach hatten sich kleine Rinnsale und klare Quellen mit ihm vereinigt. So nahm bald ein ansehnlicher Wasserlauf seinen Weg, mal durch künstliche, mal durch natürliche Höhlen und Gänge. Fast immer führte ein holpriger Weg oder ein steinerner Sims an seinem Ufer entlang. Die Kinder liefen, so schnell sie konnten. Trotzdem brauchten sie dringend ein Versteck, denn die Gardisten klebten an ihnen wie lästiger Honig.

Sie bogen in einen kurzen, fast schnurgerade verlaufenden Gang. Dann war plötzlich Schluss. Der Gang endete an einer rauen Felswand. Neben ihnen floss der Wasserlauf. Auch er endete an dieser Felswand. Das heißt, eigentlich verschwand er gurgelnd darunter.

Der Boden war feucht und schlüpfrig. Elias rutschte aus und schlug der Länge nach hin. Seine Wamstasche öffnete sich und Jonathan kullerte heraus. Die Fackel entglitt seiner Hand und rollte über die Uferkante. Zischend versank die Flamme im Bach. Dunkelheit warf sich auf sie wie eine schwarze Decke.

„Verflucht" schimpfte Elias. Er rappelte sich wieder auf und versuchte, einen Kienspan zu entzünden. Es dauerte eine Weile, doch endlich flammte das Harzlicht auf.

„Das ist eine Sackgasse", sagte Agathe. „Wir müssen zurück."

„Ja doch", murmelte Elias und entdeckte Jonathan am Boden. „Hoppla, mein Kleiner, was machst du denn da? Bist wohl bei meinem Sturz aus meiner Tasche gepurzelt. Komm!"

Er streckte die Hand aus und ließ Jonathan hinaufkrabbeln.

Die Maus sah zufrieden aus. Ja, geradezu fröhlich. Elias stutzte. „Was hast du denn da?"

Jonathan knabberte genüsslich an einem abgebrochenen Zweig herum. Nur widerwillig ließ er ihn sich abnehmen.

Elias betrachtete ihn erstaunt. Es war gar kein Zweig. „Das ist ... ein Wurstzipfel!"

„Was?", brummte Agathe. „Wie soll denn eine Wurst hierherkommen?"

„Das weiß ich auch nicht", erwiderte Elias und schnupperte an dem Fundstück. „Aber es ist eindeutig ein Stück Wurst. Geräucherte Wurst."

Er gab der Maus den Wurstzipfel zurück und schaute sich neugierig um. Er entdeckte ein etwas mehr als faustgroßes Loch in der Stirnwand, knapp über dem Boden. Elias legte sich auf den Bauch und leuchtete hinein.

Er konnte nicht viel sehen, entdeckte aber, dass es sich um eine kleine Felsröhre handelte, vermutlich ehemals vom Wasser ausgewaschen. Die Röhre erstreckte sich etwa eine Elle lang gerade in den Felsen, dann bog sie scharf nach links ab.

„Hm", machte Elias und ließ seinen Blick zwischen der knabbernden Maus in seiner Hand und der Röhre hin und her wandern. „Seltsam."

Agathe warf einen besorgten Blick zurück. Sie hielt es nicht für wichtig, wo Jonathan eine Wurst gefunden hatte. Vielleicht war die Röhre ein Rattenloch und eines dieser Biester hatte dort einen Vorrat angelegt. Außerdem glaubte sie, hinter sich etwas gehört zu haben. „Wir sollten wirklich sehen, dass wir hier wegkommen."

„Moment noch, ich will mir das erst näher anschauen." Elias blickte jetzt starr auf die Stirnwand. Nicht weit rechts neben dem Loch verschwand der Bach unter dem Felsen. Ruckartig drehte Elias sich zu dem

Mädchen um, reichte ihm den Kienspan und Jonathan. „Pass auf ihn auf."

Der Wurstzipfel fiel bei der Übergabe auf den Steinboden. Jonathan sah ihm von Agathes Hand aus sehnsüchtig hinterher.

„Was hast du vor?", fragte Agathe, doch Elias gab keine Antwort. Er stieg in den Bach. Das Wasser reichte ihm bis über die Hüften. Vorsichtig watete er zur Felswand und tastete unter Wasser an ihr herum.

„Was soll das?", Agathe warf ihm ungläubige Blicke zu. Dieser Gauklerjunge war ihr ein Rätsel. Immer machte er Dinge, die sie nicht begriff. Elias antwortete noch immer nicht. Plötzlich tauchte er unter und war verschwunden.

Agathe stieß einen überraschten Schrei aus, dann war es still. Nur noch der Bach gurgelte sein stetiges Lied. Angst machte sich in dem Mädchen breit. War der Gauklerjunge von der Strömung erfasst worden? War er ertrunken? – Da! Sie blickte zurück in den Gang, bildete sich ein, ein Flüstern zu hören. Wie ein heimtückischer Wind, der immerzu wisperte: „Wir jagen dich, wir kriegen dich, bald haben wir dich!"

Jonathan starrte immer noch von Agathes Hand auf den Boden hinunter. Er schnüffelte, entdeckte den Wurstzipfel und sprang.

Agathe warf gehetzte Blicke zwischen dem Bach und dem Gang hin und her. Sie hatte sich nicht getäuscht. Aus dem Gang kamen Geräusche. Und hinter der Biegung schien schon ein schwacher Lichtschein aufzutauchen.

Endlich, nach unendlich langen Atemzügen tauchte Elias wieder auf.

„Verdammt, was machst du?", fauchte Agathe. „Jetzt sitzen wir in der Falle! Die Gardisten kommen. Und du planschst hier im Wasser herum."

Doch wenn sie gedacht hatte, Elias würde jetzt ein entsetztes Gesicht machen, hatte sie sich getäuscht.

Er grinste breit und sprach: „Dann sei still und komm zu mir. Das Wasser ist herrlich."

„Was? Bist du verrückt geworden? – Ich steig doch nicht in dieses eiskalte Wasser."

Hinter der Biegung polterte es. Einer der Gardisten schimpfte. Die anderen lachten.

„Nun komm schon", drängte Elias. „Und vertrau mir endlich."

Der Lichtschein wurde heller und heller. Gleich würde der erste Gardist um die Ecke kommen.

Agathe schüttelte den Kopf.

„Mach schon", drängte Elias. „Heute Morgen wolltest du eine Wäsche. Jetzt bekommst du sie. Und rettest dabei noch deinen Prinzesschen-Hintern!"

Elias wartete ihre Antwort nicht ab. Er streckte sich, ergriff etwas ruppig Agathes Handgelenk und zog sie zu sich. Agathe warf einen letzten Blick zurück. Das Licht würde gleich den Gang erfassen. Und sie glaubte wieder die Worte zu hören, diesmal brüllend laut: „Wir jagen dich, wir kriegen dich, bald haben wir dich!"

Fröstelnd stieg das Mädchen in das kalte Wasser.

Elias hielt sie fest, nahm ihr den Kienspan aus der Hand und löschte ihn im Wasser.

Als der erste Gardist um die Ecke trat, flüsterte Elias: „Halte die Luft an und tauch unter. Und lass mich um keinen Preis los."

In der Dunkelheit konnte er ihr Gesicht nicht sehen, aber er wusste, dass die dunklen Augen wieder schwarze Blitze sandten. „Ich weiß, was ich tue. Ich bringe dich in Sicherheit."

„Ja, ins Jenseits", dachte Agathe noch, dann schlugen Kälte, Nässe und Finsternis endgültig über ihrem Kopf zusammen. Unbarmherzig zog sie der Junge tiefer in das Reich der Wassernixen.

Zurück blieben ein tanzendes Fackellicht, das immer näher kam, und eine Maus, die das letzte Stückchen Wurst verspeiste und dann irritiert auf den gluckernden Bach sah, dorthin, wo ihr Freund soeben verschwunden war.

Verschwundene Spuren

Tolmera hatte die Suche inzwischen geordnet. Sie hatte sich einen Lageplan der Kellergewölbe besorgt. Er war zwar schon sehr alt und etwas ungenau, aber er reichte aus, um die wichtigsten Knotenpunkte zu benennen. Und vor allem zeigte er alle Ausgänge aus dem Gängewirrwarr. An diesen Stellen hatte sie Wachen postiert. Die Gefangenen mussten irgendwo an einer dieser Stelle vorbeikommen. Und dann konnte sie zuschlagen.

Sie hielt die Fackel dicht am Boden und ging weiter in den Gang hinein.

Ihre Leute waren sich nicht sicher, aber vielleicht war die Falle schon ein erstes Mal zugeschnappt. In einer der Wäschestuben hatte es großes Aufsehen um einen angeblichen Dämon gegeben. Und der Trupp Gardisten, der die Verfolgung aufgenommen hatte, schwor, dass er *zwei* schwarze Dämonen verfolgt hatte. Vielleicht die beiden Gefangenen. Aber sie waren entwischt. Plötzlich verschwunden, wie ihre Männer gemeint hatten.

Sie fluchte still vor sich hin.

Sie waren gerissen, die beiden. Bestimmt war es dieser junge Gaukler, der ihre Leute ausgetrickst hatte. Gaukler verstanden sich auf so etwas.

Sie bog um die Ecke in jenen kurzen Gang, in dem ihre Männer die Spur verloren hatten. Rechts neben ihr plätscherte ein Bach in seinem steinernen Bett. Sie war sofort hierhergeeilt, um selbst nach Spuren zu suchen. So etwas beherrschten ihre Männer überhaupt nicht. Die konnten eine Bärentatze nicht von einem Menschenfuß unterscheiden.

Aber sie sah sofort, dass es zwecklos war. Der Boden war nass und dreckig, voller Spuren eines Haufens trotteliger Gardisten. Selbst wenn die Entflohenen hier gewesen waren, würde sie es nicht mehr erkennen können.

Sie musterte die Stirnwand. Eine Sackgasse. Der Bach verschwand gluckernd darunter. Hier gab es sowieso kein Weiterkommen. Wenn die Gefangenen hier gewesen waren, mussten sie auf dem gleichen Weg wieder umgekehrt sein.

Sie wollte sich gerade umdrehen, als sie die Maus bemerkte. Sie wirkte etwas verloren, saß am Rand des Bachs und putzte sich das Fell. Immer wieder warf sie unruhige Blicke auf das sich kräuselnde Wasser.

Jetzt richtete sie sich auf den Hinterpfoten auf und musterte schnuppernd den Leutnant.

Tolmera wusste nicht genau, was es war, aber irgendetwas war ungewöhnlich an dieser Maus. Dann fiel es ihr ein. Sie ähnelte jener aus dem Wagnerkeller. Sie hatte das gleiche hellbraune Fell, die gleiche ungewöhnliche Größe und die gleichen neugierig blickenden Augen. Wie sie so zu der Gardistin aufschaute, konnte man meinen, sie sei zahm. Lebten Mäuse überhaupt in Felsengängen?

Tolmera wusste es nicht.

Plötzlich durchströmte sie ein eiskalter Schauer. Ihr fiel wieder ein, was Hauptmann Tornstahl erzählt hatte. Der junge Gaukler besäße eine dressierte Maus. Eine Maus mit hellem Fell.

„Verflucht!", zischte sie. Die Gefangenen waren in dem Lagerraum des Wagners gewesen. Und irgendetwas hatten sie mit den seltsamen Spuren zu tun gehabt. Tolmera hatte gleich gewusst, dass sie von keinem Tier stammen konnten.

Die beiden entflohenen Häftlinge hatten sie reingelegt. Das sollten sie büßen.

Aber war dies hier wirklich dieselbe Maus?

Und waren die Gefangenen wirklich in der Nähe? Doch wo sollten sie sich versteckt haben?

Tolmera untersuchte die Stirnwand genauer. Nein, massiver Fels, keine verborgene Nische oder Ähnliches. Sie fand ein kleines tunnelartiges Loch im Felsen knapp über dem Boden, bückte sich und sah hinein. Dabei rutschte ein Medaillon an einer Silberkette aus ihrem Uniformkragen. Es zeigte das Bildnis eines jungen Mädchens. Tolmera beachtete es vorerst nicht und untersuchte das Loch. Es war eine kleine Röhre, die ihr natürlichen Ursprungs erschien. Vermutlich vom Bach ausgehöhlt. Sie wandte sich ab und musterte noch einmal den Steinsims. Sie fand etwas Ruß. Es konnte von den Fackeln ihrer Männer herrühren. Aber ebenso gut konnte es etwas mit den *schwarzen Dämonen* zu tun haben.

Sie seufzte, erhob sich und verstaute das Medaillon wieder unter dem Mantelkragen. Wie dem auch sei, sie konnte nicht riskieren, sich Hauptmann Tornstahls Zorn zuzuziehen, wenn sie einem Phantom nachjagte. Sie musste weiter systematisch vorgehen.

Nachdenklich strich sie sich über die Adlernase. Aber es konnte nicht schaden, einen Gardisten hier in der Nähe zu postieren.

„Und falls du zu dieser kleinen Bande gehörst", sagte sie mit freundlicher Stimme zu der Maus, „kann es nicht schaden, Grüße von Hauptmann Tornstahl zu überbringen. Und der Hauptmann grüßt am liebsten mit Stahl."

Die Maus schaute die Frau sanft an.

Leutnant Tolmera lächelte ihr zu und zog den Degen.

Tolmera schlug zu, die Maus quiekte, dann verstummte sie plötzlich. Einige Augenblicke lang herrschte eine Grabesstille. Dann steckte der Leutnant zufrieden den Degen zurück in den Waffenring am Gürtel.

Tolmera drehte sich um und verließ die Unterwelt Howardes.

Sie traf Hauptmann Tornstahl am Ausgang der Wäschestube, wo er mit bissiger Miene den Gardisten eine Standpauke hielt. „… Trottel seid ihr, allesamt", hörte sie ihn gerade sagen und konnte sich ein Grinsen nicht verkneifen. Natürlich waren sie das. „Das waren keine Dämonen", schimpfte Tornstahl weiter, „sondern die entflohenen Häftlinge. Betet, dass ihr sie noch schnappt, sonst ..." Er bemerkte Tolmera, wandte sich ihr mit mahlenden Kiefern zu. „Hast du sie?"

Tolmera schüttelte den Kopf. Sie warf einen flüchtigen Blick auf ihre Männer, die wie Hasen vor dem Wolf standen, und entschloss sich, deren Dämlichkeit ein anderes Mal zu ahnden. „Ich konnte keine Spuren mehr finden." Sie sah ihre Männer blitzend an, verschwieg aber, warum sie nichts gefunden hatte. Die Gardisten atmeten erleichtert auf und verstanden. Noch einmal würde der Leutnant sie nicht vor dem Zorn des Hauptmanns schützen. Das nächste Mal würden sie die neunschwänzige Katze zu spüren bekommen.

Tornstahl stieß ergrimmt die Luft aus, dann winkte er seinen Leutnant in den Schatten eines Hauses. Leise sprach er: „Ich muss dir nicht noch einmal klarmachen, wie wichtig es ist, dass die beiden den Berg nicht verlassen. Zumindest nicht vor morgen Abend."

„Dann muss morgen ein wichtiger Tag sein."

„In der Tat."

„Was passiert morgen?", wagte Tolmera die Frage. Es passte ihr gar nicht, dass sie so wenig wusste.

Hauptmann Tornstahl sah sie streng an, schien zu überlegen, was er antworten sollte, und sagte gar nichts.

Tolmera ließ mehrere Herzschläge verrinnen, dann nickte sie ergeben. „Ich werde die beiden nicht entkommen lassen. Ich habe inzwischen alle Ausgänge aus dem Berg abriegeln lassen. Meine Männer bewachen jedes Schlupfloch. Nicht mal eine Maus könnte unbemerkt hindurchschlüpfen. Und ich selbst kontrolliere jeden einzelnen Posten alle zwei Stunden."

„Gute Arbeit", lobte Tornstahl, und in seinem Blick lag überraschend viel Stolz und Zuneigung. „Wie üblich. Ich werde mich jetzt in die Gemächer des Fürsten begeben, um ihn auf den neuesten Stand zu bringen."

Er hatte schon ein paar Schritte gemacht, als er sich noch einmal umdrehte und Tolmera mit ernstem Blick ansah. Der silberne Totenkopf in seinem Ohrläppchen funkelte in einem verirrten Sonnenstrahl. „Enttäusch mich nicht, Leutnant."

„Keinesfalls, Hauptmann", gab Tolmera etwas förmlich zurück und sah ihm nach, wie er mit dem Gang eines Tigers durch die Gasse schritt.

Tornstahl betrat die Gemächer des Fürsten, nachdem er einen bestimmten Rhythmus geklopft hatte. Der Fürst wusste, dass es sich um seinen Hauptmann handelte und rief ihn umgehend herein.

Die schweren Brokatvorhänge vor den Fenstern waren zugezogen. Nur ein schmaler Lichtstreifen fiel durch einen Spalt herein. Fürst Philipp liebte das Zwielicht, den Mond und die Sterne, nicht aber den hellen Sonnenschein.

Er saß in einem hohen Lehnstuhl, so reich verziert, als sei es ein Thron, und streichelte ein Tier, das auf seinem Schoß hockte. „Seid gegrüßt, Hauptmann. Tretet näher!", wies er den Eintretenden an. Er drehte an einem Rädchen an der Öllampe neben sich, und die Flamme wurde heller. Sie reichte aus, um den Fürsten in ein schummriges Licht zu tauchen.

Fürst Philipp war wie sein Bruder, der König, von schlankem Wuchs. Allerdings hatten das Alter und sein ausschweifender Lebensstil ihre Spuren hinterlassen. Der Kopf war kahl geschoren, um der enormen Auswahl an Perücken, die zu tragen zurzeit Mode war, genügend Freiraum zu verschaffen. Er besaß leicht feminine Züge, die er bei offiziellen Anlässen unter Härte und Unnachgiebigkeit zu verbergen suchte. Sein Blick flatterte unruhig umher. Seine Stimme war im Alter triefend geworden wie ein einst schöner Goldbecher, den man mit zu viel Tran gefüllt hatte. Und seine bleiche Haut machte deutlich, dass er nicht gerne an der frischen Luft war.

Seine Kleidung war ebenso üppig wie der Raum, in dem er saß, voller Rüschen, Borten und Knöpfen, verziert mit wunderschönen Tiermotiven. Alles in allem wirkte Fürst Philipp wie ein Weihnachtsbaum. Wie eine Tanne, die einmal sehr schön gewesen war, mit der Zeit aber ihre natürliche Schönheit verloren hatte, weil man sie mit zu viel Festschmuck behängt hatte.

Tornstahl grüßte militärisch. Dann stand er mit erhobenem Haupt vor seinem Fürsten. Lediglich den Hut hatte er abgenommen, um dadurch einen Anflug von Demut zu zeigen. Man sah Tornstahls Stoppelfrisur – wie ein abgeerntetes Weizenfeld voller blutroter Halme.

Der Fürst schmunzelte. Er schätzte seinen Hauptmann sehr, vor allem dessen unbeugsamen Willen, der ihn nicht einmal vor einem König zittern ließ. „Ich hoffe, Ihr bringt gute Nachricht."

Der Hauptmann räusperte sich, dann sprach er kühn. „Teilweise, Monsieur. Die Gefangenen wurden immer noch nicht gefasst. Aber sie haben den Berg auch noch nicht verlassen. Leutnant Tolmera garantiert mir dafür, dass sie nicht entkommen."

Fürst Philipp griff nach einer Weintraube in einer Schale neben sich, biss hinein und hielt den Rest dem Tier in seinem Schoß hin. Ein spitzes Maul schoss hervor, gelbe Augen glühten gierig, dann verschwand die Frucht in dem pelzigen Kopf. Aus der Ferne hätte man das Tier für ein Hermelin halten können, so weiß war das Fell. Doch es war eine riesige Ratte, die Philipp liebkoste. Um den Hals trug sie ein goldenes Band mit dem Wappen des besiegten Drachens.

„Ihr haltet große Stücke auf Euren Leutnant."

Tornstahls Miene nahm für einen flüchtigen Moment einen weichen Zug an. „Sie ist die beste Gardistin, die ich jemals ausgebildet habe. Wenn sie so weitermacht, wird sie eines Tages meinen Posten übernehmen können."

„Was hoffentlich noch in weiter Ferne liegt, mein Lieber. Ich vertraue Euch und Euren Fähigkeiten voll und ganz. Und ich muss wohl nicht betonen, dass wir ein Spiel mit hohem Einsatz spielen." Er richtete sich stolz auf. „Ich bin Philipp, Bruder des großen Sonnenkönigs. Prinz von Frankreich und Navarra, Herzog von Orléans und Herr über viele Grafschaften und weitere Besitztümer. Und Howarde ist das kleinste meiner Fürstentümer."

„Aber es ist Euch das liebste."

„Wohl wahr. Und was sich bald an diesem kleinen Ort offenbart, wird das große Frankreich verändern." Er beugte sich vor und seine Stimme bekam einen leicht drohenden Unterton. „Und wenn wir verlieren, kostet es nicht nur Euren Kopf, Tornstahl, sondern auch den meinigen. – Ich hänge an meinem Kopf, wie ich an Hannibal hänge."

Bei den letzten Worten hielt er der dicken Ratte eine weitere Traube hin. Sie schlang sie hastig hinunter. Philipp kraulte ihr das Fell. Die Ratte schien das sichtlich zu genießen, stieß sie doch eine Art wohliges Schnurren aus. Die Augen aber waren kalt auf den Hauptmann gerichtet und der Schwanz ringelte sich wie ein giftiger Wurm.

Tornstahl verzog die Mundwinkel. Er hatte nie begreifen können, was der Fürst an diesem ekelerregenden Vieh fand. Er liebte es so abgöttisch wie andere ihr Schoßhündchen.

„Es wird alles zu Eurer Zufriedenheit verlaufen, Monsieur", sprach Tornstahl fest. „Morgen Abend wird unser Plan gelungen sein."

„Das hoffe ich sehr. Und wenn er vollendet ist, werde ich Euch und auch Euren Leutnant reichlich belohnen. Ihr könnt Euch entfernen."

Tornstahl schlug die Hacken zusammen und setzte den Hut wieder auf. Während er den Raum verließ, wusch sich der Fürst den Traubensaft an den Fingern in einer Schale mit Wasser ab.

Wasserversteck

Das Wasser umschmiegte sie wie ein weiches, nasses Leichentuch. Sie bekam keine Luft, wollte atmen, doch ihr Verstand riet ihr dazu, es nicht zu tun. Es war so dunkel wie in einem Sarg. Kälte und Furcht waren übermächtig.

Unbarmherzig wurde sie weitergezogen.

Schließlich entschloss sie sich, dem Drängen ihrer Lungen nachzugeben. Es war ihr egal, ob gleich das kalte Wasser in ihren Körper strömen und das warme Leben mit einem Schlag vertreiben würde. Sie öffnete den Mund und holte Luft.

Sie atmete.

Ohne es zu merken, hatte ihr Kopf die Wasseroberfläche durchstoßen. In tiefen Zügen saugte sie den kostbaren Odem ein. Die Luft schmeckte feucht, aber auch irgendwie würzig. Es war immer noch dunkel, doch an dem seltsam hallenden Geräusch des plätschernden Wassers erkannte sie, dass sie sich in einem großen Raum befinden musste.

Das Mädchen fühlte sich zutiefst ausgelaugt und ließ sich von dem Jungen ans Ufer ziehen. Er schob es auf eine trockene steinerne Fläche hinauf. Es rollte sich auf den Rücken und seufzte erschöpft.

Elias kletterte ebenfalls an Land und ließ sich neben Agathe nieder. Die beiden Kinder lagen lange auf dem Boden – stumm wie die Fische, zitternd vor Kälte und Furcht. Elias lauschte unentwegt in die Dunkelheit hinein. Immerzu befürchtete er, gleich von einem Gardisten entdeckt zu werden.

Doch es blieb ruhig, nur der Bach murmelte leise.

Trotzdem verging eine geraume Zeit, bis die Kinder es wagten, sich zu bewegen, und noch länger, bis Agathe die Stille brach: „Wo sind wir hier?"

„In einem Versteck", entgegnete Elias, „von dem sicherlich keiner der Gardisten etwas weiß. Warte, ich zeige es dir."

„Willst du etwa Licht machen?"

„Keine Sorge, von draußen wird es niemand sehen."

Es raschelte, dann ratschte Metall über Feuerstein, Funken flogen, schließlich brannte einer der Kienspäne, die Elias in seinem wasserdichten Beutel aufbewahrte. Die kleine Flamme tanzte wie ein Derwisch, reichte aber nicht aus, um den ganzen Raum zu erfassen.

Trotzdem konnte Agathe erkennen, dass sie sich in einer großen Höhle befanden. Auch Elias schaute sich neugierig um. Eben, als er das erste Mal hier gewesen war, hatte er kein Licht gehabt, hatte den Raum nur mit seinen Händen erkundet – und seiner Nase. Der Bach floss nur kurz durch die Höhle und verschwand unter einer weiteren Wand. Der ganze Rest der Höhle war erstaunlich trocken und die Luft war unerwartet frisch. Ja, es musste sogar einen Luftabzug geben, denn in der Mitte des trockenen Ufers war eine alte Feuerstelle. Was darauf schließen ließ, dass die Höhle regelmäßig von Menschen genutzt wurde.

„Schmuggler", beantwortete Elias Agathes unausgesprochene Frage.

„Wie meinst du das?"

„Dies ist ein Schmugglerversteck. Du weißt sicherlich, dass Fürst Philipp in seinen Herzog- und Fürstentümern auf alles und jedes hohe Zölle schlagen lässt. Nun, die Menschen in Howarde sind findige Menschen. Sicherlich gibt es ein Dutzend solcher Verstecke. Die Schmuggler schaffen die Waren heimlich hierher und dann in der Nacht in die Stadt. So umgehen sie Philipps Zoll. Was natürlich in deinen Augen unehrenhaft ist." Elias kicherte.

Agathe verzog säuerlich das Gesicht, sagte aber nichts. Ihr ging ein anderer Gedanke im Kopf herum. Was, wenn gleich ein paar verlauste Schmuggler hier erscheinen würden?

In dieser Hinsicht beruhigte sie Elias. „Hier war schon seit Längerem niemand mehr." Er wies auf die verkohlten Holzreste in der Feuerstelle, die schon mehrere Wochen alt sein mussten. „Vielleicht haben die Gardisten die Schmuggler geschnappt. Und selbst wenn sie in ihr Versteck wollen, werden sie wohl kaum in dieser Nacht kommen, in der der Berg von Uniformen nur so wimmelt."

„Und was haben die Schmuggler hier versteckt?"

„Ich weiß nicht. Lass uns mal nachsehen!"

Elias lief mit dem Kienspan in den hinteren Teil der Höhle, der wie eine Vorratskammer roch.

Den Kindern gingen fast die Augen über.

Hier lagerten nicht nur kostbare Felle und Pelze, Fässer mit Branntwein und Öl. Sondern von der Decke hingen – sicher vor Ratten und Mäusen – dicke geräucherte Schinken und Würste. Einige der Schnüre hatten dem wonnevollen Gewicht aber nicht mehr standgehalten und waren gerissen. Ein paar Würste lagen wie abgebrochene Äste am Boden.

Agathe lief das Wasser im Mund zusammen.

„Aha", meinte Elias. „Jetzt wissen wir ja, woher Jonathan den Wurstzipfel hatte. – Übrigens, du kannst ihn jetzt rauslassen."

Agathe drehte sich mit verständnisloser Miene zu ihm um. „Wie? Rauslassen?"

„Na, du solltest ihn doch in deine Tasche stecken."

„Davon hast du nichts gesagt."

Elias' Miene verfinsterte sich schlagartig. „Willst du damit sagen, du hast Jonathan nicht mitgenommen?"

Agathe schüttelte den Kopf. „Er ist mir von der Hand gesprungen, kurz bevor du aufgetaucht bist. Ich denke, er kennt den Weg durch das Loch im Felsen?"

Elias sah sich um. „Aber er ist nicht hier. Jonathan ist weg!"

„Er wird schon noch kommen."

„Und wenn nicht? Was, wenn er noch am Ufer sitzt und auf mich wartet? Was, wenn …", Elias war mit einem Mal kreidebleich, „… wenn er in den Bach gefallen ist? Er kann nicht schwimmen."

Agathe zog die Schultern hoch.

„Ich muss zurück und ihn holen", sprach Elias zitternd und machte sich schon daran, wieder in den Bach zu steigen.

Agathe hielt ihn zurück. „Die Gardisten sind vielleicht noch da draußen!"

„Dann ist Jonathan in Gefahr." Elias Stimme klang schrill vor Aufregung. „Womöglich zertreten sie ihn wie ein lästiges Ungeziefer. Oder spießen ihn wie eine Ratte auf. Ich muss zu ihm!"

„Aber dann bringst du auch mich in Gefahr!"

„Es geht um Jonathans Leben."

„Mein Leben ist ja wohl wichtiger als das einer Maus!"

Elias starrte sie fassungslos an, dann erwiderte er spitz: „Du bist ein blödes, verwöhntes Prinzesschen, das nur an sich selbst denkt!"

„Ich bin keine Prinzessin!"

Elias hörte gar nicht, was sie sagte. Er war in Rage: „Du bist vielleicht wichtiger als eine Maus. Aber du bist niemals wichtiger als Jonathan!"

Agathe spürte, dass sie etwas Falsches gesagt hatte, dass sie den Jungen sehr verletzt hatte, und tat etwas, was sie noch nicht oft getan hatte. Sie entschuldigte sich: „Es tut mir leid, Elias. Ich hoffe ja auch, dass deiner Maus nichts passiert ist, aber denke doch daran, was sie mit dir und mir machen werden, wenn sie uns erwischen. Bitte! Jonathan ist eine schlaue Maus, das hat er doch schon mehrmals bewiesen. Bestimmt hat er ein anderes Versteck gefunden und wartet, bis die Luft rein ist. Und dann kommt er zu uns. Zu dir."

Elias fixierte sie stumm. Hinter seiner Stirn arbeitete es fieberhaft. Natürlich hatte Agathe recht, aber Jonathan war alles, was er hatte. Agathe versuchte einen Kompromiss. „Lass uns wenigstens noch so lange warten, bis das Kienlicht abgebrannt ist."

Elias musterte den Span in seinen Händen. Er würde höchstens eine Viertelstunde brennen. „Also gut, einverstanden", nickte er. „Aber dann werde ich sofort nach ihm suchen."

Agathe nickte erleichtert.

Sie setzten sich an die Feuerstelle, wagten aber noch nicht, ein Feuer zu entzünden. Elias glaubte zwar nicht, dass man es draußen in dem Gang sehen konnte, denn die einzige Verbindung war die kleine Röhre, die mehrere Knicke besaß, bevor sie in diesen Raum stieß. Das Licht konnte niemals hinausdringen. Aber vielleicht konnte man den Rauch draußen riechen. Zwar glaubte er auch das nicht wirklich. Er wusste, dass die Schmuggler ihre Verstecke sehr sorgfältig aussuchten und so anlegten, dass sie tagelang darin aushalten konnten, ohne entdeckt zu werden. Aber sicher war sicher.

So saß er nur da und dachte mit trüber Miene an Jonathan.

Um ihn abzulenken, begann Agathe ein Gespräch. „Du liebst deine Maus wirklich sehr."

„Sie ist alles, was ich habe. Meine ganze Familie."

„Dann lebst du allein?"

„Im Grunde ja. Zwar ziehe ich mit einem Gauklertrupp umher und der alte Jorge hat sich um mich gekümmert. Aber er war nie ..." Elias brach ab, suchte nach dem richtigen Wort.

Agathe sah ihn verständnisvoll an. „... wie ein Vater?"

Elias blickte auf. „Hm", nickte er. „Ich war glücklich, als alles noch in Ordnung war. Meine Eltern hatten einen kleinen Hof. Wir hatten eine Kuh, zwei Ziegen und mehrere Hühner. Auf dem Feld bauten wir an, was wir zum Leben brauchten. Doch dann ..."

Er verstummte voller schmerzhafter Erinnerungen.

„Was ist geschehen?"

„Die Pest. Zuerst ist Mutter gestorben, dann Vater. Dann die Tiere. Und in den Nachbargehöften war es ähnlich. Viele, viele hat er dahingerafft, der Schwarze Tod. Und dann kamen die Gaukler. Sie durchstöberten die Häuser, nahmen mit, was sie brauchten. Ich habe mich ihnen in den Weg gestellt. Aber sie haben nur gelacht und mich halb tot geprügelt. Nur der alte Jorge hatte Erbarmen, hat mich zu sich genommen, mir Tricks beigebracht. Aber auch er ist nicht mehr. Letzten Sommer hat ihn der Schlag getroffen."

Agathe spürte Mitleid und so etwas wie Zuneigung zu dem Jungen. Unter der rauen, frechen Schale war er gar nicht so hart, wie er tat. Eher verletzlich wie ein kleines Kind. Und er war überhaupt nicht, wie sie sich die Leute vom einfachen Volk vorstellte.

Wen kannte sie eigentlich näher vom einfachen Volk außer Elias? Die Diener in Versailles zählten nicht. Das waren so viele, dass man sich kaum die Namen merken konnte. Nur die dicke Köchin aus der Hofküche des

Königs war ihr vertrauter. Die war zwar laut und hatte derbe, zotige Sprüche auf Lager (was Agathe im Übrigen gut gefiel), aber ansonsten war sie sehr nett. Immer wenn sich Agathe zu ihr in die Küche schlich, hatte sie einige liebevolle Worte auf den Lippen und eine Zuckerleckerei in der Hand, die sie schnell in eine von Agathes Rockfalten gleiten ließ.

Und so behandelte sie alle, seien es die Knappen, Pagen oder Stallburschen. Agathe hatte es mit eigenen Augen gesehen, als sie einmal einer langweiligen Lateinstunde entflohen war und sich hinter dem Butterfass in der Küche versteckt hatte.

Alles andere über das einfache Volk wusste sie nur vom Hörensagen. Agathe kehrte in die Wirklichkeit zurück. „Und Jonathan, woher hast du ihn?"

„Er ist wie ich. Außer mir der letzte Überlebende des Hofes. Hinter dem Stall war das Nest einer Maus. Es war verlassen. Nur eine kleine Maus lag noch drin – dürr wie ein Stöckchen, dem Tode nahe, allein, ohne Mutter und Geschwister. Ich habe sie mitgenommen und aufgezogen. Jorge hat nicht geglaubt, dass ich es schaffe. Aber ich habe es. Mit Ziegenmilch und Nüssen habe ich Jonathan aufgezogen. Bestimmt ist er deshalb so groß und klug geworden." Elias seufzte. „Das ist jetzt drei Sommer her."

Drei Jahre, dachte Agathe. Dann musste der Junge etwa neun gewesen sein, als er seine Eltern verlor. „Ich war sechs Jahre, als meine Mutter starb", flüsterte sie. „Aber wenigstens hatte ich noch meinen Vater und meine Schwestern, auch wenn sie manchmal ziemlich genervt haben."

Elias' Blick wurde einen Moment lang weich.

Dann flackerte der Kienspan.

„So", sagte Elias und legte wieder den harten Mantel um sein Herz. „Die Zeit ist um. Ich werde mich auf den Weg machen und Jonathan suchen."

„Das brauchst du nicht", erwiderte Agathe.

„Versuche nicht noch mal, mich zurückzuhalten."

„Du hast mich nicht verstanden", wiederholte Agathe energischer. „Du brauchst Jonathan nicht zu suchen, weil er uns gefunden hat." Sie wies zu der Felsröhre am Boden. Ein kleiner Schatten war herausgehuscht.

Er wuselte flink über die Steinplatten und hielt genau auf Elias zu. „Jonathan!", rief dieser überschwänglich.

Die Maus beschleunigte ihre Sprünge. Schnell war sie heran und sprang fiepend auf Elias' Hand.

„Da bist du ja endlich, mein Kleiner. Mensch, habe ich mir Sorgen gemacht!"

Agathe musterte Elias' Gesicht, das plötzlich glänzte, als wäre die Sonne in der Höhle aufgegangen. Und Jonathan schien sich genauso zu freuen. Er stellte sich auf die Hinterbeine und schlug sogar Purzelbäume.

„Die beiden sind tatsächlich wie Geschwister", dachte das Mädchen und rutschte näher heran. Vorsichtig hielt sie Jonathan einen Finger hin. Er schnupperte daran, dann ließ er sich von ihr streicheln. „Es tut mir leid, dass ich dich vorhin vergessen habe", sagte Agathe zu der Maus. Dann blickte sie Elias an. „Und es tut mir leid, was ich vorhin gesagt habe. Jonathan ist wirklich etwas Besonderes."

Elias' Mund verzog sich zu einem breiten Grinsen. „Ist schon gut. Als Prinzessin hat man eben nicht so viel mit Mäusen zu tun. Eher mit Fröschen!", stichelte er.

„Ja", gab Agathe heiter zurück. „Wenigstens werden aus denen aber stattliche Prinzen. Und keine Gauklerjungen."

Alle Anspannung fiel von den beiden ab und sie lachten um die Wette. Nach einer Weile wischte sich Elias die Lachtränen weg und keuchte. „Vielleicht sollten wir jetzt aber endlich mal was essen. Schließlich haben uns die Schmuggler einen fantastischen Tisch gedeckt."

Agathe sah zu den Schinken hoch und spürte ihren Hunger wieder. „Und diesmal habe ich nicht mal ein schlechtes Gewissen."

„Ach nein? Aber all dieses Zeug ist doch Schmugglerware!"

„Eben! Das bedeutet, ein Teil davon gehört nach hiesigem Recht dem Fürsten Philipp. Und da wir immer noch seine Gefangenen sind, hat er die Pflicht, uns mit Essen zu versorgen."

„Du fängst an, wie ein Gaukler zu denken."

„Und du", gab Agathe schlagfertig zurück, „kannst dich jetzt vollstopfen wie einer von den feisten Höflingen."

Höflinge und Helden

Die Kinder begannen, Holz in der Feuerstelle aufzuschichten, von dem genügend in einer Ecke auf einem Stapel ruhte. Elias entzündete ein kleines Feuer. Der Rauch zog durch einen Riss in der Höhlendecke ab. Die Luft blieb klar und sauber. Die Schmuggler hatten sich diesen Platz wirklich hervorragend ausgesucht. Die Kinder setzten sich ganz nah an die prasselnden Flammen, um sich zu wärmen und die Kleider zu trocknen.

„Weißt du eigentlich", sinnierte Agathe, „dass dies das erste richtige Lagerfeuer ist, an dem ich sitze?"

Elias starrte sie mit großen Augen an. „Du hast noch nie ein Lagerfeuer gemacht?"

„Einmal hat einer der Höflinge, mein Onkel Baron Otto, versucht, im Schlossgarten ein Feuer zu entzünden. Aber er hat sich dabei so ungeschickt angestellt, dass seine Perücke verbrannt ist."

Elias kicherte.

Agathe sah zur Höhlendecke hinauf. „Ich möchte zu gerne einmal unterm Sternenhimmel an einem Feuer sitzen. So wie die Helden in den Abenteuergeschichten."

Elias musterte das Mädchen und sagte schließlich: „Wenn das dein größter Wunsch ist, dann werde ich dir, falls wir hier heil herauskommen, das schönste

Lagerfeuer unterm Sternenhimmel machen, das du dir vorstellen kannst."

Agathes Augen leuchteten.

Die Flammen erfassten ein trockenes Stück Kiefernholz. Helles Licht erfüllte die Höhle. Elias bemerkte, dass die Maus in seiner Hand den Schwanz merkwürdig unter dem Körper verbarg.

„Was hast du denn, Jonathan?", fragte er besorgt.

Vorsichtig griff er nach dem Schwanz und zog ihn unter dem Mäusekörper hervor. Jonathan fiepte schmerzerfüllt.

„Was ist los?", fragte Agathe.

„Irgendetwas stimmt mit seinem Schwanz nicht. Sieh nur", keuchte er, „da ist Blut."

Die Schwanzspitze fehlte. Etwa die Länge eines Fingergliedes. Abgetrennt von einer scharfen, glatten Klinge. Wahrscheinlich von einem Degen.

„Diese Schweine", fluchte Elias. „Das waren bestimmt die Gardisten."

„Es blutet noch", sagte Agathe. „Komm, gib ihn mir. Ich mache ihm einen Verband."

Elias zögerte. Er gab seinen Jonathan nicht gerne aus der Hand. Aber aufs Verbändemachen verstand er sich nun wirklich nicht. Er hielt dem Mädchen die Maus hin. Agathe redete Jonathan gut zu. Nach nur wenigen Augenblicken huschte er zu ihr hinüber. Agathe riss einen Fetzen von ihrem Kleid, wusch ihn im Bach sauber, dann wickelte sie ihn sehr behutsam um den verwundeten Schwanz. Zum Schluss knüpfte sie eine Schleife hinein.

„So, mein Kleiner", sagte sie. „Sieht doch niedlich aus."

Elias verzog säuerlich das Gesicht. „Er muss nicht niedlich aussehen."

„Ich meine ja nur, dass er so vielleicht den Verlust seiner Schwanzspitze verwindet. Sieh nur, ich glaube, es gefällt ihm."

Jonathan hatte den Schwanz vor die Schnauze gehoben und beschnüffelte kritisch Verband und Schleife. Er schien damit zufrieden zu sein, denn er kuschelte sich jetzt in Agathes Hand und sah sie mit seinen Knopfaugen ruhig an.

„Das gibt's ja nicht", entfuhr es Elias. „Er scheint dich wirklich gut leiden zu können."

Nun kam der wohl gemütlichste Teil ihres Abenteuers. Sie saßen am wärmenden Lagerfeuer, aßen sich an den Vorräten der Schmuggler satt und hatten fast vergessen, warum sie hier waren.

„Was bin ich voll", stöhnte Elias, rollte sich auf den Rücken und klopfte auf seinen kugelrunden Bauch.

Agathe streichelte die Maus in ihrem Schoß. Der Gedanke, dass sie gejagt wurden, rückte in weite Ferne. Zum ersten Mal in ihrem Leben fühlte sie sich frei, frei von den unsichtbaren Ketten des Königshofes. Glück erfüllte ihr Herz und sie begann, ein Lied zu singen.

Elias und Jonathan lauschten ihrer schönen Stimme:

„Schlaf nun, mein Held,
die Schlacht ist geschlagen.

Vergiss nun der Welt
grausame Tage.
Rüstung steht still,
das Schwert klirrt nicht mehr.
Und rasen nicht will
das Ross und der Speer.

Träum nun von Frieden,
von fruchtbaren Weiden,
von lieblichen Liedern,
von Land ohne Leiden.
Blumen der Nacht,
wie Nektar sie sind;
so süß und so sacht
wie Säuseln im Wind.

Heil nun, mein Held,
an Händen und Füßen.
Die Wunden der Welt
werden sich schließen.
Kein Monstrum der Welt
möge dich quälen.
Heil nun, mein Held,
an Herz und an Seele."

Jonathan schlummerte selig in Agathes Schoß. Das
Mädchen sah ihn mit sanften Augen an. Sie selbst
besaß keine Haustiere, auch wenn es am Königshof
viele Tiere gab, allein die Pferde in den Stallungen Ver-

sailles' waren unzählig. Die Hunde des Königs, die sich bei Agathe zuweilen heimlich Streicheleinheiten holten, waren keine niedlichen Schoßtierchen, sondern lebende Jagdwaffen.

Jonathan war ganz anders. Sie konnte allmählich verstehen, warum Elias ihn so sehr liebte.

Elias betrachtete die beiden mit einer Mischung aus Eifersucht und Freude. Jonathan hatte noch nie in einem anderen Schoß geschlafen, außer in seinem. Das gab ihm einen Stich. Und doch freute es ihn, die beiden in so inniger Verbundenheit zu sehen. Es sah ganz so aus, als hätte dieses manchmal hölzern und kantig wirkende Mädchen einen neuen Freund gefunden.

„Das war ein schönes Lied", unterbrach Elias die friedliche Stille. „Woher ist es? Ich habe es noch nie gehört."

„Es ist aus dem Howarder Drachenstich", erklärte Agathe. „Bevor wir hierhergefahren sind, bestand mein Hofmeister darauf, den Text des Schauspiels mit mir zu lesen. Die Worte sind fast so alt wie der Drachenstich selbst. Der Held muss viele Gefahren bestehen. Und er hat seine erste große Schlacht geschlagen. Vor seinem Kampf mit dem Drachen fällt er in einen seligen Schlummer. Vier Engel erscheinen, halten ihre schützenden Schwingen über ihn und singen ihm dieses Lied. Danach wacht er gestärkt auf und kann den Kampf mit dem Drachen aufnehmen. Es kommt zum entscheidenden Stich …" Agathe verstummte plötzlich.

„Was ist los?", fragte Elias. „Hast du etwas gehört?" Unruhig blickte er sich um.

Agathe sah ihn mit großen, starren Augen an. „Mir ...
mir ist etwas eingefallen. Als ich zum Fürsten Philipp ins
Zimmer kam ... ich habe doch etwas gehört!"

„Ach, und was?" Es musste etwas Wichtiges sein, das
sah Elias ihrem weißen Gesicht an.

„Der Fürst sagte gerade zu Tornstahl: ‚Der letzte
Stich ...'"

„Und weiter?"

„Nichts weiter. Danach verstummte er."

Enttäuscht entgegnete Elias: „Ich wüsste nicht, wie
uns das weiterhelfen sollte."

Doch Agathe war ganz aufgeregt. „Verstehst du denn
nicht? *Der letzte Stich.* Damit kann nur der Drachenstich
gemeint sein. Beim letzten Stich wird irgendetwas geschehen."

„Und was sollte das sein?"

„Ich weiß nicht, aber ...", Agathe war noch etwas
eingefallen. „Der Drachenstich ist morgen. Am frühen
Abend."

„Ja und?"

„Erinnere dich an den Wagnerkeller! Tornstahl sagte,
Tolmera dürfe uns wenigstens die nächsten beiden Tage
nicht hier herauslassen. Also genau bis zum Drachenstich."

Elias kratzte sich nachdenklich das Kinn. „Da könnte
was dran sein. Aber an mehr kannst du dich nicht erin-
nern?"

Agathe schüttelte den Kopf.

„Dann sind das alles nur Vermutungen."

Eine Weile schwiegen die beide, nur das Feuer knisterte, der Bach gluckerte im Hintergrund. Elias glaubte nicht, dass die Worte, die Agathe gehört hatte, wichtig waren. Er dachte nicht länger darüber nach. Er genoss lieber diesen Augenblick. Er fühlte sich pudelwohl. So satt war er noch nie gewesen. Agathe dagegen war unruhigen Herzens. An ihr nagte die Ungewissheit. Sie wusste nicht, was sie mit diesen rätselhaften Worten anfangen sollte. *Der letzte Stich*, zuckte es immer wieder durch ihren Kopf, und je länger sie darüber nachdachte, desto mehr war sie davon überzeugt, dass beim Drachenstich etwas Schreckliches passieren würde.

„Wir müssen etwas tun!" Agathe stand auf.

„Was hast du vor?" Elias sah sie überrascht an. Jonathan wachte auf und beäugte das Mädchen. Er spürte dessen plötzliche Unruhe.

Agathe sprach mit fester Stimme: „Wir müssen gehen. Wir müssen zum Drachenstich. Wir müssen meinen Vater sprechen. Ich spüre, dass dort etwas Schlimmes passieren wird. Das kann doch alles kein Zufall sein! Fast der gesamte Hofstaat des Königs ist hier in Howarde. Und der Drachenstich soll dieses Jahr so pompös werden wie noch nie. Fürst Philipp plant etwas beim Drachenstich." Sie zögerte etwas, dann setzte sie hinzu: „Etwas gegen den König."

„Ho, ho, ho", wiegelte Elias ab. „Du steigerst dich da in etwas rein. Natürlich könnte es sein, dass du recht hast. Aber was sollen wir beide dagegen unternehmen?

Wir sind nur zwei Kinder. Außerdem bin ich dem König nichts schuldig."

Agathe wirkte aufgelöst, ja fast verzweifelt. „Bitte, du musst mir helfen. Du wirst sehen, König Ludwig ist ein guter Mann. Er ist nicht wie die anderen vom Hohen Stand, die du immer so verachtest."

„Ich habe dir schon die ganze Zeit geholfen", entgegnete Elias hart. „Und ich sehe nicht ein, warum wir dieses schöne Plätzchen hier verlassen sollen. Wir sind hier sicher. Wenn uns die Gardisten bisher nicht gefunden haben, werden sie es später auch nicht tun. Und wir haben hier alles, was wir brauchen. Trinkwasser, Feuerholz, genügend zu essen. Es ist das Klügste, wenn wir mehrere Tage hierbleiben und warten, bis die Gefahr vorbei ist. Bis uns draußen keiner mehr sucht, weil alle denken, dass wir längst fort sind. Oder tot."

„Aber dann kommen wir zu spät. Wir müssen morgen beim Drachenstich dabei sein!"

„Ha! Wie sollen wir das schaffen? Wir werden gejagt wie die Hasen." Seine Augen funkelten. „Und wenn wir nicht aufpassen, rösten wir schneller über Hauptmann Tornstahls Feuer, als wir ‚Braten' sagen können."

„Dann gehe ich eben allein!"

„Du bist verrückt. Wie alle Leute vom Hohen Stand. Ihr habt einfach keinen Plan. Wisst nichts vom echten Leben."

Agathe stöhnte. „Nun fang nicht schon wieder damit an!"

Elias schnauzte sie an: „Ich für meinen Teil werde

jedenfalls nicht den Schutz dieser Höhle verlassen. Was einem glücklich in den Schoß gefallen ist, soll man nicht mit vollen Händen wieder wegwerfen. Und außerdem", bei diesen Worten rollte er sich absichtlich auf die Seite und drehte Agathe den Rücken zu, „werde ich jetzt schlafen."

Agathe öffnete den Mund, um noch etwas zu erwidern, ließ es aber sein. Es hatte keinen Sinn, weiter auf diesen Jungen einzureden. Und vielleicht, sagte eine ganz, ganz leise Stimme weit hinten in ihrem Kopf, hatte er nicht ganz unrecht. Jedenfalls konnte es nicht schaden, ein paar Stunden zu schlafen. Vielleicht konnte sie ihn ja dann doch noch überreden.

„Komm, Jonathan", war das Letzte, was sie von ihm hörte.

Jonathan folgte Elias wie ein gehorsamer Hund. Er schaute das Mädchen noch einmal kurz an, als wollte er sich bei ihm für den Verband und das Lied bedanken, dann flitzte er zu seinem Freund hinüber und kuschelte sich ganz nah an dessen Brust.

Agathe stierte noch eine Weile in die Glut, die leise vor sich hinknackte. Als von dem Jungen ein leises Schnarchen herüberklang, beschloss auch sie, sich hinzulegen.

Erstaunlich schnell ergriff die Müdigkeit ihre erschöpften Glieder und verdrängte die sorgenvollen Gedanken. Bald schliefen alle in der Schmugglerhöhle. Nur der Bach murmelte und das Feuer hörte ihm zu, als erzähle er eine fesselnde Geschichte.

In Fesseln

Sie konnte nicht mehr schlafen. Ein Alptraum hatte sie aufgeschreckt. Ein Alptraum, in dem grimmige Gardisten mit Drachenköpfen aus der Finsternis auftauchten und nach ihrem Herzen stachen. Sofort war die Erinnerung an den vergangenen Tag wieder da. Und der Gedanke an das, was Fürst Philipp zu Hauptmann Tornstahl gesagt hatte. *Der letzte Stich.* Vermutlich würde sie erst dann wieder Ruhe finden, wenn sie dieses Rätsel gelöst hatte.

Sie wusste nicht, wie spät es war oder wie lange sie geschlafen hatte. Da sie die Höhle aber etwa um die Mittagszeit betreten hatten, vermutete sie, dass es draußen, über dem Berg, Abend oder bereits Nacht war. Sie erhob sich, schürte die Glut im Feuerbecken und legte einen Holzscheit nach. Erst begann es zu rauchen, dann zauberte die Glut mit einem leisen Puff eine Flamme aus dem Holz, die schnell größer wurde. Das Licht griff behutsam um sich.

Elias lag noch da und schlief tief und fest, Jonathan an seiner Seite wie ein Kuscheltier. Agathe musste lächeln, als sie das gleichmäßige Wogen sah, das den kleinen Mäusekörper durchlief.

Agathe dachte an ihren Vater und sorgte sich. Sie hatte Elias verschwiegen, dass es ihr nicht nur um den

König ging. Nein, wenn Philipp etwas plante, das den König in Gefahr brachte, dann war es auch gefährlich für ihren Vater. Denn der war immer in Ludwigs Nähe.

Sie fasste einen Entschluss.

Elias würde ihr vermutlich sowieso nicht helfen. Außerdem war dies vielleicht allein ihre Sache. Eine Sache zwischen ihr und dem Fürsten Philipp. Eine Sache, die im Hohen Stand bleiben sollte.

Sie würde sich alleine auf den Weg machen.

Agathe stieg in den Bach und fröstelte. Das Wasser erschien ihr noch kälter als beim ersten Mal. Sie warf einen Blick zurück. Im Schein des Feuers sah Elias ein bisschen wie ein schmutziger Engel aus. Jonathan war erwacht und lugte hinter Elias' angewinkeltem Arm hervor. Seine Augen blickten neugierig wie immer.

Agathe legte den Finger auf die Lippen. Sie wusste nicht, ob die Maus dieses Zeichen verstand, aber Jonathan blieb, wo er war, und verhielt sich ruhig.

Das Herz wurde Agathe schwer, aber sie musste es tun. *Der letzte Stich.* Diese Worte würden sie nicht in Ruhe lassen. Immerzu stichelten sie in ihrem Verstand wie eine Nadel.

Sie hielt die Luft an und tauchte unter. Es war schwierig, gegen die Strömung anzuschwimmen. Und fast befürchtete sie, dass sie es nicht schaffen würde. Doch dann kam sie auf der anderen Seite aus dem Wasser und – erschrak.

Um sie herum war es dunkel wie in ihrem Alptraum und sie hatte kein Licht.

„Wie dumm bin ich eigentlich", flüsterte sie zu sich selbst. „Elias hat schon recht mit uns vom Hohen Stand. Wir denken manchmal nicht an die einfachsten Sachen. Ich hätte mir Elias' wasserdichten Zunderbeutel mitnehmen müssen."

Stehlen, hauchte eine anklagende Stimme in ihrem Kopf. Borgen, gab sie sich selbst zur Antwort und musste trotz ihrer Lage grinsen. Sie dachte wirklich immer mehr wie ein Gaukler. Elias hätte seine helle Freude an ihr. Oder auch nicht, wenn er wüsste, was sie vorhatte. Und noch etwas fiel ihr ein: Sie hatte keinen Proviant eingesteckt.

Grimmig biss sie die Lippen aufeinander. Sie würde nicht zurücktauchen. Sie würde einfach weitergehen. Dann eben in völliger Dunkelheit. Sie hatte ein recht gutes Gedächtnis und war sich ziemlich sicher, dass sie den Verlauf der Gänge bis zur Wäschestube noch wusste. Außerdem konnte sie sich an dem Bachlauf orientieren. Sie würde sich einfach vorwärtstasten. Zur Not auch mit knurrendem Magen.

So zog sie sich auf das Ufer, tapste vorwärts – eine Hand vor sich ausgestreckt, die andere an der Wand entlangführend. Zuweilen blieb sie stehen und lauschte. Doch außer dem Rauschen ihres Blutes in den Ohren und das leise Murmeln des Baches hörte sie nichts.

Es war vollkommen dunkel um sie herum. Im Königsschloss brannte zu jeder Nachtstunde irgendwo ein Licht. In Versailles war man auch nie alleine. Selbst in der Nacht geisterte der ein oder andere von den Tau-

senden Bewohnern durch die Gänge. Trotzdem ver-
spürte sie seltsamerweise keine Angst. Vielleicht lag es
an der Konzentration, mit der sie sich die verschiedenen
Gänge in Erinnerung rufen musste. Vielleicht an dem,
was sie vorwärtstrieb. Vielleicht aber auch an dem
Gefühl, endlich ein Abenteuer zu erleben und nicht
bloß davon zu lesen.

Sie erreichte eine Abzweigung. Sie musste sich nach
rechts wenden. Sie machte einen vorsichtigen Schritt in
den Gang hinein und blieb abrupt stehen.

War da nicht ein Scharren gewesen?

Sie lauschte. Nichts Verdächtiges war zu hören. Der
Bach war leiser geworden. Sie stand eine ganze Minute
lang still. Nein, da war nichts. Sie tastete sich weiter vor.

Eine Hand fiel wie eine Axt auf ihre Schulter.

„Hab ich dich", raunte eine raue Stimme. Die Hand
hielt sie fest wie eine Schraubzwinge. Was völlig unnötig
war, da Agathe vor Schreck sowieso kein Glied rühren
konnte. „Leutnant Tolmera hat wohl recht behalten.
Kein Dämon, sondern 'n Mensch aus Fleisch und Blut.
Ich spüre dein ängstliches Herz schlagen."

Unsanft wurde sie zu Boden geworfen. Ihre Hände
wurden auf den Rücken gezerrt und mit einem Strick
gefesselt. Agathe trieb es die Tränen in die Augen, so
fest schnitt der Strick in ihr Handgelenk. Aber sie tat
keinen Mucks.

Dann flammte ein Licht auf und eine Laterne wurde
entzündet. Das Metall berührte fast ihre Nase, als ihr
das Ding vors Gesicht gehalten wurde. „So jung", sagte

die Stimme überrascht. „Davon hat der Leutnant nichts gesagt."

Ein kräftiger Arm zerrte sie auf die Beine. Dann konnte sie ihren Widersacher endlich selbst erblicken.

Er war groß, breitschultrig und seine Gardistenuniform schien viel zu klein für ihn zu sein. Der Dreispitz saß schief in seinem stoppelbärtigen Gesicht. Seine Kiefer mahlten immerzu. Nach einem Augenblick wusste Agathe auch, warum.

Platsch! Ein Schwall brauner Spucke klatschte auf den Boden. Genüsslich kaute der Mann auf dem Rest Kautabak weiter, der noch in seiner Backe steckte. Agathe fand es widerlich.

Der Gardist grinste. „Nich' so zimperlich, Mädchen. Hast uns 'nen ganz schönen Schrecken eingejagt. Dachten wirklich, du wärst ein Teufel aus der Hölle. Wo ist der andere?"

Agathe schwieg.

Der Gardist packte sie und zog sie ganz nah zu sich heran. Sein Gesicht wurde finster, die Augen klein. Als er sprach, roch Agathe den Kautabak, der seinen schlechten Atem noch unangenehmer machte. „Ich will wissen, wo dein Zellengenosse ist. Mit dem du ausgebrochen bist." Wieder spuckte er Kautabak auf den Boden. Und drückte fester zu.

„Au!", schrie Agathe. „Ich weiß es nicht. Ich … ich habe ihn verloren."

„Verloren?" Er schien ihr nicht zu trauen.

Agathe log weiter und war selbst erstaunt, wie leicht

die Lügen über ihre Lippen kamen: „Ihr seht doch selbst, dass ich kein Licht habe. Er ist auf und davon. Hat mich im Stich gelassen und alle Lichter mitgenommen."

Der Mann stutzte und spuckte. Platsch! Dann lachte er kehlig. „Ha, da hast du ja 'nen feinen Kumpel. 'ne Dame lässt man doch nich' im Dunkeln allein. Wie gut, dass du mich gefunden hast. Ha, ha, ha!"

Er spie den letzten Rest Kautabak aus, griff dann in die Mantelrocktasche und schnitt sich einen neuen Priem ab. Schnaufend stopfte er ihn in den Mund und kaute weiter. Angewidert wandte Agathe den Kopf ab. Dann schob er das Mädchen vor sich her. „Los! Woll'n mal sehen, was der Leutnant sagt!"

Schweigend gingen sie durch das Höhlenlabyrinth. Agathe trottete mit hängendem Kopf vor dem Gardisten her. Nur einmal sah sie auf, als sie an dem Gang vorbeikamen, an dessen Ende das Schmugglerversteck lag.

Der Gardist bemerkte es. Er war nicht dumm und fragte plötzlich: „Warum bist du eigentlich so nass?"

Agathe sah schnell in eine andere Richtung. „Das ist eine blöde Frage. Ich bin in den Bach gefallen, weil ich kein Licht hatte."

Sie erhielt einen derben Schlag in den Rücken. „Nenn mich nich' blöde, Mädchen. Sonst zeige ich dir, wie blöde du aussiehst, wenn ich dir die Haare abschneide." Zum Beweis, dass er nicht scherzte, zückte er einen scharfen Dolch und schnitt Agathe eine Haarsträhne ab.

Sie zuckte zusammen.

All ihr Mut zerrann wie Butter in der Sonne.

Er spuckte und lachte.

Bald ließen sie den Bach abseits liegen. Sie nahmen so viele Abzweigungen, dass Agathe die Orientierung verlor. Aber es schien tiefer in den Berg hineinzugehen. Dann führte der Weg eindeutig bergauf. Schließlich erreichten sie eine Höhle. Es war die größte Höhle, die Agathe bisher in diesem Berg gesehen hatte. Überall hingen Tropfsteine von der Decke oder wuchsen aus dem Boden. Mehrere Gänge kamen hier an. In der Mitte war ein großer Teich. Das Wasser war glasklar. Wie ein einbeiniger Riese erhob sich daraus ein gewaltiger Tropfstein – so hoch wie drei Männer und dick wie eine uralte Eiche. Seine Spitze war abgebrochen.

Hinter dem Teich lag der einzige Gang, der mit einer Tür verschlossen war. Direkt daneben saß ein Gardist, der drei Öllampen um sich geschart hatte, als hätte er Angst, in dem riesigen Raum allein zu sein.

Tatsächlich zuckte er zusammen, als er die beiden Ankömmlinge hörte. „Wer ist da?"

„Halt's Maul", erwiderte der Große barsch. „Ich hab einen erwischt."

„Einen der Dämonen", entgegnete der andere mit zitternder Stimme und drückte sich platt an die Felswand.

„Quatsch!" Platsch. Kautabak benetzte einen Tropfstein wie brauner Vogelkot. „Einen der geflohenen Gefangenen. 'n Mädchen."

„Ein Mädchen?" Der andere schien seine Furcht

etwas bezwingen zu können und beugte sich neugierig vor.

Inzwischen waren die beiden so nah, dass Agathe den sitzenden Gardisten mustern konnte. Er sah wie eine Witzfigur aus. Viel kleiner und schmächtiger als sein Kumpel. Und seine Augen huschten ständig wie furchtsame Mäuschen in ihren Höhlen hin und her. Aber am lächerlichsten war die Rosshaarperücke, die er unter dem Dreispitz trug. Sie musste einmal der Stolz eines Fürsten gewesen sein – vor zwanzig Jahren oder so. Nun war sie nur ein Schatten einstiger Pracht, zerfleddert, verfilzt, voller undefinierbarer Flecken und ohne jegliche Form. Zuweilen krabbelte etwas zwischen den Strähnen. Trotzdem trug der Gardist sie, als sei sie aus Silberfäden gesponnen.

Spontan fielen Agathe Namen für die beiden ein, die hier unten so fehl am Platze wirkten wie Bettler am Tisch des Königs: Spucker und Rosshaar.

Rosshaar betrachtete das Mädchen neugierig und sagte skeptisch: „Und *die* soll so gefährlich sein, wie der Leutnant behauptet?"

„Mir egal", gab Spucker unwirsch zurück. „Sag mir lieber, wo Tolmera ist."

„Du hast sie gerade verpasst. Wenn du ihr hinterherläufst, erwischst du sie vielleicht noch."

„Fehlte mir gerade noch. Bin genug gelaufen", brummte Spucker und tippte den Finger an die Stirn. „Leutnant Tolmera macht alle zwei Stunden ihre Runde. So lange können wir warten."

„Aber wenn sie erfährt, dass du ihr schon viel eher hättest Bescheid sagen können, wird sie ziemlich wütend auf dich sein."

„Du meinst *uns*." Spucker spie ihm eine Ladung Kautabak vor die Füße. Rosshaar zog erschrocken seine Beine weg. „*Wir* haben sie gefangen."

Rosshaar zog die Augenbrauen hoch.

„Dafür werd' ich dich auch an der Belohnung beteiligen, die uns der Leutnant versprochen hat."

Rosshaars Gesicht hellte sich auf, doch noch hatte er Bedenken. Leutnant Tolmeras Ruf war wie eine drohende Peitsche. „Wir könnten sie aber auch nach draußen bringen. Durch die Drachenhöhle ist es nicht weit."

Agathe horchte auf. Was war die Drachenhöhle?

„Nein!", wehrte Spucker entschieden ab. „Damit uns 'n Offizier diesen Schatz hier abnimmt und die Belohnung bei Tolmera selbst einstreicht?"

„Wir könnten sie auch direkt zu Tornstahl bringen!"

„Bist du verrückt! Tolmera übergehen? Das würden wir nich' überleben. Und überhaupt, hast du Lust, dem alten Wutbolzen gegenüberzutreten?"

Rosshaar schüttelte energisch den Kopf. Tolmera war allemal besser als Tornstahl. „In Ordnung. Tolmera braucht ja nicht zu wissen, dass wir sie schon etwas länger in Verwahrung haben. Müssen sie nur gut verschnüren."

„Das lass mal meine Sorge sein", gluckste Spucker zufrieden. „Die Kleine ist 'n Louisdor wert. Und so 'nen Schatz werde ich doch nich' in Gefahr bringen."

Er spuckte und lachte. Rosshaar stimmte ein.

„Pass 'nen Moment auf sie auf!", befahl Spucker, nahm seine Laterne und öffnete die Tür. Bevor sie zufiel, konnte Agathe einen kurzen Blick in eine weitere Höhle werfen. Sie sah nicht viel, nur ein Dutzend rotglühender Augen, die sie böse anfunkelten. Erschrocken zuckte sie zurück.

Rosshaar bemerkte es, stand lachend auf und trat näher. Er war nicht größer als Agathe. „Ein kleines Rendezvous mit unseren Drachen gefällig, Mademoiselle?"

Agathe sah ihn verstört an.

„Halt dein Maul!", herrschte ihn Spucker an, der schon wieder da war. „Du redest zu viel."

Er hatte mehrere feste Stricke in den Händen. Dann machte er sich daran, aus Agathe ein Paket zu schnüren. Fast hätte man meinen können, er wolle sie einwickeln wie eine Mumie. „So!", sagte er, als er fertig war. „Die haut nich' mehr ab."

Er spuckte ein weiteres Mal, dann warf er sich Agathe einfach über die Schulter, trug sie an den Rand des Teiches und lehnte sie an einen der Tropfsteine. Außer ihrem Kopf konnte Agathe nichts bewegen.

„Lauf nich' weg, meine Süße", sagte Spucker schadenfroh. „Und wenn du Durst hast", er wies auf den Teich, „bedien dich." Er stopfte ihr ein ekelhaft stinkendes Tuch in den Mund, schnürte es fest und wies dann darauf. „Pass aber auf, dass der Knebel nich' nass wird. Das ist mein allerbestes Schnupftuch."

Er lachte laut über seinen Witz. Agathe warf ihm einen wütenden Blick zu.

Er lachte weiter und gesellte sich zu seinem Kumpel an der Tür, zog neuen Kautabak hervor und schob ihn sich summend zwischen die Kiefer. Rosshaar kramte ein Klappmesser mit eleganten Hirschhorngriffen und ein Stück Holz aus dem Mantelrock und begann zu schnitzen.

Agathe würgte und versuchte, den ekligen Knebel aus dem Mund zu schieben, schaffte es aber nicht. Verzweifelt stierte sie vor sich hin. Sie konnte kein Glied rühren und nur mit Mühe atmen. Dass die beiden Gardisten sie in Ruhe ließen, war nur ein schwacher Trost. Denn in zwei Stunden würde Leutnant Tolmera vorbeikommen und dann war ihr Schicksal besiegelt.

„O, hätte ich doch nur auf Elias gehört", dachte sie niedergeschlagen. Sie hatte nichts erreicht. Was würde nun beim Drachenstich geschehen? Was würde aus dem König und ihrem Vater? Und aus ihr selbst?

Heiße Tränen rollten über ihre Wangen und hinterließen ein feines Netz von Spuren auf ihren schmutzigen Wangen.

Das Netz zieht sich zu

Tolmera betrat das Quartier ihres Hauptmanns. Es war etwas größer als ihr eigenes, aber ebenso einfach eingerichtet. Einzige Zierde war die Waffensammlung hinter dem Tisch an der Wand und der reichlich mit Bronzenägeln beschlagene Stiefelknecht – ein Möbelstück, das nicht so recht hierher passen wollte.

Hauptmann Tornstahl ging unruhig auf und ab. Sein rotes Stoppelhaar leuchtete im Licht der hereinfallenden Nachmittagssonne. Er war beim Fürsten gewesen und das Gespräch war nicht zu seinem Wohlgefallen verlaufen.

„Gibt es Neuigkeiten?", fragte er unwirsch.

„Nein, die Flüchtigen sind immer noch wie vom Erdboden verschluckt."

Tornstahl blieb stehen und sah seinen Leutnant mit giftigem Blick an. „Das ist nicht akzeptabel, Leutnant."

„Ich weiß, Hauptmann. Aber zurzeit kann ich wirklich nicht mehr berichten." Tolmera überlegte einen Moment. „Es würde mir helfen, wenn ich mehr über diese Sache wüsste, die Euch bewegt."

Tornstahl schaute sie sekundenlang an, wie man eine geliebte Tochter ansieht, dann schritt er weiter hinter dem Tisch auf und ab, der mit Depeschen überladen war. „Nein, Tolmera, tut mir leid. Ich kann und darf dich nicht einweihen. Es ist besser, dich aus dieser Sache herauszuhalten."

Er setzte sich, zog den Stiefelknecht zu sich herüber und begann, die engen Lederstiefel auszuziehen. Dann legte er die Beine auf ein Höckerchen. Er sah müde aus und die folgenden Worte klangen sanft: „Wenn etwas schiefgeht, bleibt dein Ruf unangetastet." Er räusperte sich. Seine Stimme wurde wieder fest: „Deine Aufgabe ist es nur, diese Gefangenen ausfindig zu machen, und zwar schnellstens. Der Fürst ist äußerst ungehalten, dass noch keine Ergebnisse vorliegen. Und ich bin es auch."

Er schlug die Faust so hart auf den Tisch, dass einige Papierrollen zu Boden fielen.

„Der Fürst möchte das Problem so schnell wie möglich aus der Welt geschafft haben. Und zwar endgültig!"

Tolmeras Kopf schnellte hoch.

„Du verstehst, was ich damit meine."

Sie nickte, wandte aber ein: „Ich dachte, diese *endgültige* Lösung sei nur die äußerste Maßnahme?"

„So war es, aber jetzt will es der Fürst anders."

„Aber ist es klug, *anders* zu handeln? – Immerhin ist sie die Tochter des Obersten Königlichen Beraters."

„Ich will nicht klug sein, ich will mächtig sein!"

Tolmera schaute ihren Hauptmann irritiert an. Der grinste schief. „Das waren die Worte von Fürst Philipp. Ich habe ihm das Gleiche gesagt wie du gerade und er hat mir so geantwortet."

Tolmera besann sich einen Augenblick, spielte mit dem Medaillon an ihrem Hals, dann fragte sie: „Die Tochter des Königlichen Beraters steht also der Macht unseres Fürsten im Wege?"

„Gewissermaßen ja." Er zog einen Teller mit Brot und Käse zu sich herüber und schnitt von beidem etwas ab. Er hielt Tolmera etwas hin, aber sie lehnte dankend ab. Er aß wie jemand, der keine Lust zum Essen hat.

„Auch die Zeit ist ein Problem. Fürst Philipp will, dass die Sache bis zum Beginn des Drachenstichs erledigt ist."

„Das sind nur noch wenige Stunden!"

„Ich weiß." Das Gesicht des Hauptmanns wurde so hart wie der Stahl seines Degens. „Und deshalb streng dich an, Leutnant. Regel das Ganze, oder ich werde deinen Trupp Gardisten in die Hölle schicken."

Tolmera straffte sich. „Es ist sowieso Zeit für meine nächste Kontrollrunde. Ich werde Euren neuen Befehl an die Gardisten weitergeben und mit Nachdruck dafür sorgen, dass er ausgeführt wird."

„Natürlich wirst du das." Jetzt erlaubte sich Tornstahl ein flüchtiges Lächeln. Er nickte seiner Untergebenen zu. „Bring mir beim nächsten Mal die ersehnte Nachricht!"

Tolmera grüßte und verließ das Quartier.

Hauptmann Tornstahl legte das Brot zur Seite. Er hatte keinen Appetit mehr. Er würde wohl erst wieder genussvoll essen können, wenn der heutige Abend vorbei war. Wenn dieser Drachenstich gelungen war – zur Zufriedenheit seines Fürsten. Und seiner eigenen.

Er zog die Stiefel wieder an, erhob sich und legte die golddurchwirkte Schärpe um, die er sonst nur bei Paraden trug. Heute war ein feierlicher Anlass. Die Schlossturmglocke schlug Viertel vor. In fünfzehn Minuten begann das Bankett des Fürsten, das mit dem Drachenstich seinen Höhepunkt erreichen würde.

Tornstahl kontrollierte den Sitz von Uniform und Schärpe in einer silbernen Schale, rückte den Degen zurecht und verließ sein Quartier. Der Fürst erwartete ihn sicherlich schon.

Er begab sich zum Schloss und überquerte die Festwiese. Kurz musterte er die Aufbauten und die beiden Logen, die nicht wie üblich oben an den Tribünen angebracht waren, sondern unten auf der Festwiese standen. Direkt in den Ecken der rechteckigen Arena, in der inzwischen der schwarze Muschelsand wie ein welliges Samttuch lag. Nur ein Teil des Spiels würde auf der Bühne stattfinden. Der spektakuläre Kampf zwischen dem Ritter und dem Drachen blieb der Arena vorbehalten – genau in Augenhöhe des Königs. Die beiden Logen waren rechts und links aufgebaut und boten Platz für jeweils sieben Personen. In der einen würde der König mit seinen engsten Vertrauten sitzen, in der anderen Fürst Philipp mit seinem Gefolge. Die beiden Logen waren mit teurem Satin ausstaffiert. Die von Philipp zierte nicht sein Hauswappen, sondern das fürstliche Wappen von Howarde, der besiegte rote Drache auf schwarzem Grund. Tornstahl wusste, dass sein Fürst dieses Wappen mehr liebte als sein herzögliches.

Das königliche Wappen der anderen Loge zeigte die drei stilisierten französischen Lilien – in Gold auf blauem Grund.

Hauptmann Tornstahl grunzte abfällig. Lilien. Ein lächerliches Symbol für ein königliches Wappen. Weich und weibisch. Er bückte sich und ließ den Muschelsand durch die Finger rieseln. Dagegen strahlte das Wappen seines Fürsten Kraft und Männlichkeit aus. Wie dieser schwarze Sand, auf dem der Drache besiegt werden würde. Er lächelte bei der Hintersinnigkeit des Gedankens und löste sich von der Arena.

Er schritt die breite Treppe hinauf zur Terrasse. Die großen Glasflügeltüren waren geöffnet, sodass der dahinterliegende Schlosssaal mit der Terrasse eine große festliche Einheit bildete. Die Tische waren überladen mit den feinsten Speisen, überall wuselten Diener in prachtvoller Kleidung herum. Der Maître de plaisir stützte sich auf einen elfenbeinernen Stock mit goldenem Knauf und schrie heiser letzte Anweisungen. Der Rüschenkragen an seinem Hals wippte bei jedem Befehl auf und ab.

Kaum einer nahm Notiz von Fürst Philipp, der im Schatten einer Yuccapalme an einer der geöffneten Türen stand. Er beobachtete alles mit einem Glanz im Gesicht, der deutlich an Vorfreude erinnerte. Er trank aus einem Kristallkelch einen Schluck Wein. Er war in ein prachtvolles, mit Goldbrokat abgesetztes bodenlanges Gewand aus dunkelblauem Samt gekleidet, darunter trug er weiße Stumpfhosen und Schuhe mit roten Schleifen. Die ebenso roten Absätze waren hoch, sodass er viel größer wirkte, als er eigentlich war. Das Gewand war mit einem ungewöhnlichen Bild bestickt: Ein blutroter Mond schob sich vor eine goldene Sonne.

Eine Sonnenfinsternis, schmunzelte Hauptmann Tornstahl beim Näherkommen. Er ahnte, warum Philipp dieses Motiv gewählt hatte. Der Humor seines Fürsten war ebenso schwarz wie hintersinnig. Doch dann erstarb sein Schmunzeln, als er Hannibal entdeckte. Die Ratte hockte auf des Fürsten Schulter und wurde von ihm mit einer Zuckerleckerei gefüttert. Sie war in einen Umhang geschnürt, ebenso blau wie das Gewand ihres Herrn. Aus der Ferne hätte man denken können, der Fürst habe einen Buckel. Nur wenn sich Hannibal bewegte, blitzte weißes Fell hervor. Der Schwanz ringelte sich schlangenhaft um den Oberarm des Fürsten.

„Ja, Hannibal", tuschelte der Fürst gerade, „heute wird es dir gefallen. Heute wird Blut fließen. Beim Drachenstich fließt immer Blut."

Tornstahl blieb zwei Schritte vor seinem Fürsten stehen und nahm respektvoll Haltung an.

„Hauptmann Tornstahl", wandte sich der Fürst ihm zu. Seine Miene war maskenhaft, doch sein Blick feurig. Und die Wangen glühten wie bei einem Kind, bevor es seine Geschenke auspackt. Er trug eine lange, dunkle Perücke. Auf der Wange klebte ein Schönheitspflaster, ein siebenstrahliger Stern – jeder Zacken in Form einer Lanze. „Nun, verläuft alles zu meiner Zufriedenheit?"

Tornstahl nickte. „Ich habe Eure Anweisungen weitergegeben. Leutnant Tolmera wird dafür sorgen, dass sie ausgeführt werden."

„Das will ich hoffen. Und bald schon werdet Ihr und Euer Leutnant reich belohnt werden. Denn in wenigen Stunden beginnt der wohl denkwürdigste Drachenstich der letzten hundert Jahre." Philipp lächelte wie ein Fiebernder. Tornstahl nickte.

Keiner von ihnen sagte mehr, denn die Turmuhr schlug die volle Zeit. Die Türen öffneten sich, die Gäste strömten heran. Der Saal spülte Menschen heraus, als wäre er ein Fluss – bunt wie ein Kaleidoskop und laut wie eine Schar Perlhühner. Der ganze Hohe Stand war zugegen, wollte sich dieses Fest, von dem man schon seit Monaten sprach, nicht entgehen lassen. Jeder versuchte dabei, den anderen auszustechen mit noch aufwendigerer Kleidung oder Schmuck.

Inmitten dieses Trubels erschien der König. Er wirkte anders als alle anderen. König Ludwig war selbst im Alter noch eine stattliche Erscheinung, er strahlte Würde und Willenskraft aus. Kein Wunder, dass man ihn den Sonnenkönig nannte. Auch er trug wie sein Bruder Schmuck, Schminke und eine Perücke. Im Gegensatz zu Philipp aber passte das alles zu ihm, als wäre es sein natürliches Aussehen. Wie das prachtvolle Federkleid eben zu einem Pfau gehört. Die Perücke zeigte schulterlanges, blondes, fast natürlich erscheinendes Haar. Seine Augen strahlten kraftvoll und meistens voller Freude, auch wenn er die Last des Regierens nicht ganz verbergen konnte. Sein Gewand bestach durch einen einfachen, aber eleganten Schnitt und war ganz in Weiß gehalten, auf der Brust prangte eine kleine goldene Sonne, die ihre zierlichen Strahlen über die Ärmel sandte. Die Ärmelaufschläge waren mit einer Reihe winziger Lilien bestickt.

Ludwig war umgeben von Hofdamen und wichtigtuenden Männern in Galauniformen. Die heitere Aufgesetztheit seiner Umgebung schien er nicht zu bemerken. Oder sie störte ihn nicht, denn er selbst wirkte erfrischend, höflich und humorvoll. Dicht hinter ihm ging sein erster Berater – wie ein zweiter Schatten, gekleidet in ein weites, wehendes, aber unscheinbares Gewand. Sein ergrauter Bart war seine einzige Zierde. Kunstvoll in unzählige Zöpfe geflochten, reichte er fast bis zum Bauchnabel und wirkte verwegen.

Obwohl Albert von Fähe jünger als sein König war, wirkte er älter und kraftloser. Sein sonst so wachsamer Blick war durch Traurigkeit getrübt, seine Haltung gebeugt. Noch immer hatte er nichts von seiner Tochter gehört. Er machte sich unendliche Sorgen und konnte nur schwer seine Aufmerksamkeit auf das Bankett richten.

König und Berater näherten sich dem Fürsten und seinem Hauptmann, die anderen Gäste blieben in höflichem Abstand zurück.

Fürst Philipp deutete eine Verbeugung an, seine Ratte schnüffelte neugierig. „Ah, der König", sagte er mit vor falscher Freundlichkeit triefender Stimme. „Ich hoffe, es gefällt dir, dieses Bankett, Bruder."

Der König lächelte.

„Du hast keine Kosten und Mühen gescheut, Philipp."

„Alles nur zu deinen Ehren, Ludwig."

Der König nickte und wies dann auf den Mann an seiner Seite. „Darf ich dir meinen Berater vorstellen? Albert von Fähe. Ich glaube, ihr beiden habt euch bisher nur aus der Ferne gesehen."

„Es ist mir eine Ehre, den Mann kennenzulernen", erwiderte Philipp, „der meinem Bruder in so unnachahmlicher Weise dient und Rat schafft."

„Die Ehre ist ganz auf meiner Seite, Monsieur", entgegnete Albert von Fähe und machte einen formvollendeten Diener.

„Genug der Etikette", sagte Ludwig etwas barsch. Er kam immer zielstrebig zur Sache: „Viel wichtiger ist die Sorge, die zur Zeit Alberts Herz erfüllt."

„Nicht doch, Majestät", wandte Albert von Fähe ein.

„Doch, doch, mein Lieber", ließ sich der König nicht beirren, „ich brauche jemanden an meiner Seite, der klar denken kann und dem nicht die Sorge die Sinne vernebelt. – Außerdem glaube ja nicht, dass mich dein Leid ungerührt lässt. Da wir uns im Hause meines Bruders befinden, können wir ihn auch mit dieser Sache belästigen."

„Worum geht es?", fragte Philipp scheinheilig. Er wusste genau, was den Mann bedrückte.

„Meine Tochter ist verschwunden", platzte es sodann aus Albert von Fähe heraus.

„Aber ich sehe sie doch", meinte Fürst Philipp, und wies auf Antonia, die an einem der Tische stand. „Sie nascht ein wenig von diesem leckeren Mitbringsel aus Amerika: heiße Schokolade. Mein Hannibal ist auch ganz verrückt danach." Er fuhr der Ratte lächelnd über den Kopf.

„Nein, Bruder", sagte der König. „Es geht nicht um Antonia, sondern um Alberts jüngste Tochter Agathe. Sie ist gerade einmal zwölf Jahre alt. Und seit den letzten zwei Tagen ist sie verschwunden. Hat deine Dienerschaft vielleicht irgendetwas gesehen?"

Fürst Philipp zeigte ein so betroffenes Gesicht, dass man ihn für den besten Schauspieler des Hofes hätte halten können. „Nein! Verschwunden? Ein zwölfjähriges Mädchen! An meinem Hofe! Das ist empörend! Hauptmann?"

Hauptmann Tornstahl trat einen Schritt näher und schaute ebenso undurchdringlich drein wie sein Fürst. „Monsieur?"

„Hauptmann Tornstahl, habt Ihr irgendetwas von einem verschwundenen Mädchen gehört?"

„Nein, Monsieur, aber ich werde sofort meine Gardisten auf die Suche nach der Kleinen schicken, wenn Ihr es wünscht."

„Und wie ich das wünsche!", sagte Philipp mit einem Unterton in der Stimme, der weder dem König noch Albert von Fähe auffiel.

Hauptmann Tornstahl blieb noch einen Augenblick stehen, weswegen Philipp ungeduldig hinzusetzte:

„Also trollt Euch, Mann, und findet die Kleine! Es ist doch skandalös, dass an meinem Hofe Mädchen verschwinden sollen."

Tornstahl drehte sich um und schritt die Treppe hinunter. Der silberne Totenkopf in seinem Ohrläppchen funkelte gefährlich. Niemand sah sein diebisches Grinsen.

Fürst Philipp legte Albert von Fähe beruhigend eine Hand auf den Arm. „Sorgt Euch nicht, Herr von Fähe. Hauptmann Tornstahl wird sie finden. Doch vielleicht ist es nur ein kleiner Streich. Ihr wisst besser als ich, wie Kinder so sind. Manchmal machen sie einfach etwas Dummes, verstecken sich oder vergessen sich im Spiel. Bestimmt hat sie nur einen kleinen Verehrer gefunden und trifft sich mit ihm heimlich in einem verlassenen Zimmer, um die neuesten Tanzschritte einzustudieren."

„Ich hoffe, Ihr habt recht, Monsieur", antwortete Albert von Fähe und suchte im Gesicht des Fürsten nach einem Hoffnungsschimmer.

„Gut, ich hoffe, diese Sache klärt sich", schloss der König das Gespräch, dann fiel ihm das Gewand seines Bruders ins Auge. „Du trägst ein gewagtes Gewand, Philipp."

„O, Bruder, du weißt doch, dass *du* in unserem Reich die Sonne bist und *ich* nur der Mond."

„Aber auf deinem Kleid schickt sich der Mond an, der Sonne ihre Macht zu nehmen. Ich weiß nicht, was ich davon halten soll."

„Ein Witz, Bruder. Und ein Versehen."

„Ein Versehen?"

„Ich wusste nicht, dass du das Sonnenkleid tragen würdest. Sonst hätte ich meine Garderobe sorgfältiger gewählt."

Das war gelogen und der König wusste es. Er kannte seinen Bruder, wusste, dass es ihm nach Ansehen, Anerkennung und Macht gelüstete. Aber die Thronfolge hatte nun einmal ihn, Ludwig, zum Erben des Königstitels bestimmt. Eines Tages würde auch sein Bruder dies anerkennen müssen.

Ludwig setzte ein wohlwollendes Lächeln auf. „Ich denke, nun sollten wir das köstliche Essen probieren, das du uns vorsetzt. Und dann bin ich gespannt auf den Drachenstich. Wir haben bestimmt später noch Zeit, ausführlich über die Gestirne zu diskutieren." Damit wandte er sich um und bot einer Hofdame charmant den Arm.

Fürst Philipp sah ihm mit einem eisigen Blick hinterher. „Wenn du dich da mal nicht täuschst, Bruder", flüsterte er leise.

Dann zog er einen Flakon aus seinem Gewand hervor, öffnete ihn und hielt ihn schräg, bis etwas von dem teuren, wohlriechenden Parfüm auf seine Hand tropfte.

Tropfstein

Allmählich versiegten ihre Tränen.

Es nutzte nichts zu weinen. Agathe dachte an Elias. Er würde nicht aufgeben. Sie hätte es niemals für möglich gehalten, aber es war so: Dieser ungehobelte, ungewaschene Gauklerjunge fehlte ihr. Vielleicht würde er ja kommen und sie retten? Nein, das war unmöglich. Wie sollte er sie ausgerechnet hier finden? Und selbst wenn, was sollte ein Knabe wie er gegen diese zwei Gardisten ausrichten. Nein, sie war auf sich allein gestellt.

Sie drehte den Kopf, soweit es ging, und ließ ihre Blicke durch die Höhle schweifen. Es war dunkel. Die drei Öllampen und die Laterne der Gardisten schafften es gerade, den Bereich um die Männer in ein schales Licht zu tauchen. Die nahen Tropfsteine zogen lange Schatten über den Boden wie Finger eines riesenhaften Ungeheuers. Ihr Blick blieb an der derben Holztür hängen. Dahinter musste die Drachenhöhle liegen. Doch was waren das für Drachen, von denen Rosshaar gesprochen hatte? Doch wohl keine echten? Diese roten Augen waren ziemlich gruselig gewesen. Allerdings war Spucker ganz unbeschadet hinein- und wieder hinausgegangen. Und Rosshaar hatte gesagt, dass es von da aus nicht weit an die Oberfläche sei.

Also lag hinter dieser Tür ihr Weg in die Freiheit.

Allerdings, was nützte ihr dieses Wissen, wenn sie sich nicht befreien konnte? Sie drehte den Kopf noch weiter. Jetzt kam der Teich in ihr Blickfeld und mit ihm der baumgroße Tropfstein, der wie der dicke, abgebrochene Mast eines untergegangenen Schiffes aus dem Wasser ragte.

Sie drehte den Kopf zurück und beobachtete die beiden Gardisten. Sie sahen schläfrig aus. Und da sie nichts anderes zu tun hatten, taten sie das, was schläfrige Menschen gerne tun: Sie hielten ein Nickerchen. Spucker spuckte ein letztes Mal, rollte sich dann auf die Seite und winkelte den Arm gemütlich unter dem Kopf an. Rosshaar legte sein Schnitzmesser an die Seite, schob sich die Perücke über die Augen und lehnte sich an die Wand zurück.

Nach einer Weile dösten beide vor sich hin.

„Jetzt wäre ein guter Zeitpunkt, um zu fliehen", dachte Agathe und ruckelte an ihren Fesseln. Aber die gaben keine Spur nach. Sie konnte nicht einmal seufzen wegen des Knebels. Plötzlich spürte sie etwas auf ihrer Schulter. Sie erschrak und ruckte den Kopf herum. Ein kleiner Schatten saß auf ihrer Schulter. Eine Ratte. Nein, viel kleiner. Eine Maus. Mit einer Schleife am Schwanz. Jonathan.

Das war unmöglich. Doch er war es.

„Jonathan, wie kommst du denn hierher?", wollte sie fragen. „Mmmmh Mm-umpf mmmh", war alles, was sie hervorbrachte.

„Wenn Jonathan hier ist", dachte sie, „dann kann auch Elias nicht weit sein."

Da sah sie ihn schon und hielt die Luft an.

Er schlich doch tatsächlich drüben bei den beiden Gardisten herum. Wieder einmal verstand sie diesen Gaukler nicht. Was machte er dort? Sie war doch hier. Wollte er sich mit den beiden anlegen? Oder einen Gauklertrick versuchen?

Trotzdem konnte sie nicht umhin, seine Geschicklichkeit zu bewundern. Er war so leise und gewandt wie eine Katze, hielt sich immerzu im Schatten und erreichte die beiden Männer unbemerkt.

Er bückte sich neben Rosshaar und hob etwas auf. Dann schlich er zu Agathe hinüber. Schon spürte sie ihn neben sich.

Er blickte sie kurz streng an und flüsterte: „Dich kann man auch keinen Augenblick aus den Augen lassen." Dann hielt er plötzlich ein Schnitzmesser mit Griffen aus Hirschhorn in seiner Hand. Flugs schnitt er die Fesseln entzwei.

Die Stricke fielen von ihr wie eine Last. Als Erstes band sie das ekelhafte Schnupftuch los und zog es aus dem Mund. Sie spuckte, würgte, unterdrückte ein Husten. Sie robbte zum Teich hinüber und spülte sich den Mund mit dem kalten Wasser aus. Endlich konnte sie wieder frei atmen.

„Scht!", machte Elias. „Sei leise, sonst bemerken sie uns."

Agathe nickte, dann zogen sich die Kinder in den Schatten eines Tropfsteins zurück. Die beiden sahen sich an. „Danke", hauchte Agathe. Elias sah ihre freudig

funkelnden Augen, die mehr wert waren als jede Belohnung. Er nickte gönnerhaft.

„Wie hast du mich gefunden?"

„Jonathan!", erwiderte Elias. „Bedank dich bei ihm.
Er hat keine Ruhe gegeben, als du weg warst. Ich musste
mit ihm das Versteck verlassen. Dann hat er wie ein
Hund deine Spur gesucht und gefunden. Und hat mich
zu dir geführt."

Agathe streichelte die Maus. „Du bist wirklich der
Beste, Jonathan."

„Was ist eigentlich passiert?"

Agathe erzählte kurz, was geschehen war.

Als sie geendet hatte, entgegnete Elias: „Wir sollten
jetzt zügig von hier verschwinden." Er wollte sich schon
in den Gang zurückziehen, der zur Schmugglerhöhle
führte, doch Agathe schüttelte den Kopf. Sie wies um
den Tropfstein herum auf die Tür bei den Gardisten. Sie
dösten immer noch, hatten nichts von der Befeiungs-
aktion mitbekommen. Rosshaar war zur Seite gerutscht
und lag jetzt quer vor der Tür.

„Wir müssen dort hindurch", flüsterte Agathe. „Ich
habe gehört, was die beiden gesagt haben. Dahinter
gibt es einen Ausgang."

„Aber wir können nicht an den beiden vorbei. Und
wenn die aufwachen, dann können wir uns warm an-
ziehen. Die werden alles absuchen."

„Aber wir müssen hier raus und dann zum Drachenstich."

„O, du hast also immer noch diese fixe Idee?"

Agathe nickte.

„Du bist manchmal genauso sperrig wie dein Name, Agathe! Aber gut, ich helfe dir. Hast du einen Plan?"

Agathe grinste breit. „Ich weiß ein Versteck. Komm mit!" Sie begab sich zum Teich. Als der Junge zögerte, fügte sie – Elias' Tonfall nachäffend – hinzu: „Vertrau mir, diesmal weiß das Prinzesschen, wo es langgeht."

Elias starrte sie verblüfft an, aber noch überraschter schaute er aus, als sie in den Teich stieg. „O nein", stöhnte er. „Nicht schon wieder ins Wasser."

Agathe nickte und deutete auf den großen Tropfstein. Die abgebrochene Spitze war platt wie der Boden eines Hochsitzes. „Nicht schlecht", murmelte Elias vor sich hin und folgte dem Mädchen.

Das Wasser war eisig kalt und viel tiefer, als die beiden gedacht hatten. Sie mussten hinüberschwimmen. Sie erreichten den Tropfstein und kletterten hinauf. Es war leicht, da er an vielen Stellen zerrissen war und Vorsprünge besaß, die wie Baumpilze aussahen. Als sie oben auf dem Stein lagen, zischelte Elias dem Mädchen zu: „Das war wirklich gut gedacht. Hier werden sie uns nicht finden. Kein vernünftiger Mensch steigt in solch eiskaltes Wasser. Und wir können die Höhle überblicken."

Die beiden Gardisten waren gut zu sehen. Sie lagen vor der Tür wie dösende Schlosshunde. Rosshaar rekelte sich.

„Woher hast du eigentlich das Messer?", fragte Agathe, obwohl sie die Antwort wusste.

Elias grinste frech. Zu antworten brauchte er nicht. Denn in diesem Moment hörten sie Rosshaar – halb ärgerlich, halb aufgeregt – rufen. „Mein Messer ist weg! – Hast du es?"

„Was?" Spucker wischte sich den Schlaf aus den Augen. „Ach! Dein blödes Schnitzmesser! Hab's nich'." Er setzte sich aufrecht, kramte in seiner Uniform und schob sich ein Stück Kautabak in den Mund. „Hast es wohl schon eingesteckt."

„Nein, ich hab es hier hingelegt, als ..." Er brach ab, dann stammelte er: „Es ... es ... ist weg!"

„Jetzt gib endlich mit deinem dummen Messer Ruh!"

„Nicht das Messer. Das Mädchen! Es ist weg!" Rosshaar wies zu der Stelle, wo Agathe gesessen hatte. Jetzt lagen dort nur noch ein paar zerschnittene Stricke und ein dreckiges Schnupftuch. „Wie ist das möglich? – Es ist doch ein Dämon."

„Ach was!", gab Spucker zurück, doch zum ersten Mal klang seine Stimme verunsichert. Und zum ersten Mal spuckte er nicht.

„Oder schlimmer", krächzte Rosshaar schrill und seine Augen zuckten wild hin und her. „Das Mädchen ist eine Hexe."

Spucker klappte die Kinnlade herunter.

„Hat mein Schnitzmesser zu sich rübergehext und sich befreit."

„Wer hat sich befreit?", ertönte plötzlich eine neue Stimme.

Leutnant Tolmera betrat mit einer Fackel in der

Hand die Höhle. Ihre rötlich braunen Augen blitzten gefährlich.

Die beiden Gardisten nahmen erschrocken Haltung an. Rosshaar versuchte, seine Perücke gerade zu rücken, was ihm nicht gelang. Spucker schluckte den Kautabak hinunter.

Tolmera kam mit kraftvollen Schritten näher. „Wer hat sich befreit?", wiederholte sie drohend.

„Die … Hexe", stotterte Rosshaar.

„Wer?" Tolmera baute sich vor dem kleineren Mann auf, die Augen zusammengekniffen. Ihr Gesicht wirkte wie aus Stein gemeißelt.

„Er meint die Gefangene", kam ihm Spucker zu Hilfe.

Tolmera wandte sich ihm abrupt zu. „Wo ist sie?"

Jetzt war es an Spucker, die Schultern ängstlich hängen zu lassen.

Wenn ihre Lage nicht so ernst gewesen wäre, hätten die Kinder bei dieser Szene sicherlich ihren Spaß gehabt. Tolmeras Autorität machte aus dem vorhin noch so großmäuligen Gardisten ein verlegenes Kind.

„Sie … sie …", stotterte Spucker.

„Er … er …", übernahm Rosshaar und zeigte auf seinen Kumpel, „hat die entflohene Gefangene geschnappt und sie dort hinten an den Tropfstein gefesselt. Doch sie hat mein Messer gestohlen und sich befreit. Ich habe ihm gleich gesagt, er sollte sie lieber sofort zu Euch …"

„Halt's Maul!", herrschte ihn Spucker an. „Wir …"

„Ruhe! Alle beide!", donnerte Tolmera. Sie wandte sich von den Männern ab und ging zu dem Tropfstein hinüber. Die Fackel tief über dem Boden untersuchte sie gewissenhaft die Stricke und selbst das Schnupftuch. Anschließend musterte sie den Boden, allerdings war er hier so felsig, dass sie keine Spuren finden konnte. Sie fragte die beiden: „Ihr hattet also nur den weiblichen Häftling gefangen?"

„Ja", brummte Spucker.

„Wie lange habt ihr sie hier angebunden?"

„Nich' lange", log er. „'ne halbe Stunde vielleicht."

„Ich sage es doch", krächzte jetzt wieder Rosshaar. „Die war eine Hexe. Die hat …"

„Still!", befahl Tolmera. Sie sah zum Teich hinüber, dann den abgebrochenen Tropfstein hinauf. Die Kinder drückten sich wie Flundern auf den Boden.

Tolmera kam zu den Gardisten zurück. Ihre Gesichtszüge waren hart wie Granit. „Ihr seid allesamt Dummbeutel", kanzelte sie die beiden ab, „und abergläubisch dazu." Sie schoss finstere Blicke auf Rosshaar ab, der ruckartig den Kopf senkte, sodass ihm die Perücke über die Augen rutschte. „Was habt ihr eigentlich in euren Köpfen? Stroh? – Die Gefangenen haben euch reingelegt. Ihr wisst doch, dass sie zu zweit sind. Und wenn ihr nur einen gefangen habt, wird ihn der andere befreit haben. Mit deinem Messer!"

Rosshaar sah aus wie ein Schrumpfkopf unter seiner zerzausten Perücke.

„Ihr werdet hart daran arbeiten müssen, diese Scharte auszuwetzen, sonst könnt ihr euer Lebtag in dieser Höhle Dienst tun."

Spucker biss sich auf die Lippe, Rosshaar schluckte.

Tolmera dachte einen Moment nach. Diese beiden Gefangenen entpuppten sich allmählich als eine wirklich harte Nuss. Sie spürte ein wenig Hochachtung, denn noch niemals war sie von jemandem so an der Nase herumgeführt worden. Zugleich ärgerte sie sich aber auch. Es konnte doch nicht sein, dass ein dahergelaufener Gaukler und eine dumme Pute vom Hohen Stand ihr solche Schwierigkeiten bereiteten!

„Du", sie wies auf Spucker, „du gehst und holst Verstärkung."

Spucker nickte ergeben.

„Und du bleibst hier und bewachst die Tür. Sie ist der nächste Ausgang aus dem Höhlensystem. Wenn die beiden durch die Drachenhöhle abhauen, sind sie schon auf dem Schlossgelände."

Rosshaar nickte unterwürfig.

Die Kinder sahen sich kurz an. Also hatte Agathe recht. Die Tür führte direkt in die Freiheit und zudem ganz nah an das Schloss heran.

„Ich selbst werde schon einmal die Umgebung absuchen. So weit können die beiden noch nicht gekommen sein." Bevor Tolmera sich umdrehte, sagte sie noch: „Im Übrigen ist Hauptmann Tornstahl äußerst ungeduldig. Diese Suche dauert ihm zu lange. Er gibt allen Gardisten noch genau drei Stunden Zeit. Pünktlich zum Beginn des Drachenstichs will er Erfolge sehen. Solltet ihr bis dahin immer noch versagt haben, lässt er jeden einzelnen Spießruten laufen."

Die beiden Gardisten schluckten.

Agathe stutzte. Nur noch drei Stunden bis zum Drachenstich. Dann hatten sie im Schmugglerversteck wohl doch länger geschlafen, als gedacht.

„Und noch etwas", Tolmeras Stimme war jetzt schneidend und klar wie ein Glasschwert. „Tornstahl hat seine Befehle genauer formuliert. Pünktlich zum Drachenstich will er die Köpfe der Gefangenen!"

„Tot?", flüsterten die beiden Gardisten.

Tolmera nickte.

Die beiden Gardisten sahen sich kurz an, dann zogen sie ergeben die Schultern hoch.

Die beiden Kinder dagegen durchzuckte es, als hätte der Tod mit seiner kalten Sense sie gerade berührt. Was hatten sie getan, dass man sie töten wollte?

„Siehst du, dass wir unbedingt zu meinem Vater müssen?", wisperte Agathe. „Nur er kann uns jetzt noch helfen."

Elias nickte kreidebleich.

Spucker nahm die Laterne und verschwand in die Drachenhöhle, Rosshaar nahm seinen Platz neben der Tür ein. Tolmera schritt durch die Höhle in die entgegengesetzte Richtung. Kurze Zeit sah man das Fackellicht durch die Höhle huschen, dann war es weg.

Stille kehrte ein und die Kinder beobachteten angestrengt Rosshaar. Er hatte wieder die drei Öllämpchen um sich geschart und saß direkt neben der Tür. Aufmerksam und mit einer Spur Furcht huschten seine Augen hin und her.

Die Kinder hofften auf eine Gelegenheit zu entkommen.

Sie wussten nicht, dass Leutnant Tolmera hinter einem der Tropfsteine hockte. Sie war neugierig, sie wollte endlich wissen, wen sie da jagte. Entweder waren diese Flüchtigen sehr gerissen oder sie hatten unverschämtes Glück. Beides wollte sie nicht gelten lassen. Sie dachte an ihren Hauptmann. Sie hatte ihn noch nie so nervös erlebt. Es musste wirklich etwas Großes im Gange sein. Sie ärgerte sich allerdings, dass er sie nicht ganz eingeweiht hatte. Sonst vertraute er ihr blind. Sie schob den Gedanken beiseite. Sie war ihrem Hauptmann treu ergeben. Es bereitete ihr keine Probleme, seine Befehle gewissenhaft auszuführen. Allerdings blieb ihr noch Zeit für ein kleines Spiel. Die Entflohenen waren bestimmt noch in der Nähe. Doch nun würde Tolmera den Spieß umdrehen. Jetzt würde *sie* die Regeln machen. Sie grinste, als sie Rosshaar musterte. Dieser Trottel war genau richtig. Mit Sicherheit würde er sich übertölpeln lassen. Und der andere Gardist hatte wohl ihre geflüsterte Anweisung verstanden.

Er würde den Gefangenen eine schöne Überraschung bereiten, wenn sie die Höhle der Drachen betraten.

Töte den Drachen!

Stille füllte die Höhle, nur durchbrochen vom Tropfen des Kalkwassers und dem gelegentlichen Rascheln, wenn Rosshaar sich bewegte.

Er wirkte sehr unruhig. Immer wieder warf er Blicke in die dunkle Höhle. Furcht stand ihm ins Gesicht geschrieben. Nur das warme Licht der drei Öllämpchen schien ihm ein wenig Zuversicht einzuflößen.

Die Kinder lagen eine ganze Weile völlig unbewegt.

Dann hielt es Agathe nicht mehr aus: „Wir müssen hier raus", flüsterte sie. „Die Zeit rinnt uns davon wie der Sand in einem Stundenglas."

Elias nickte. Nach dem, was er eben gehört hatte, war Agathes Plan, ihren Vater aufzusuchen, wohl der einzig richtige. Sie waren nicht mehr nur Gejagte. Sie waren zum Abschuss freigegeben wie Hasen auf einer Treibjagd und derjenige, der sie erlegte, würde sogar noch eine Belohnung dafür einstreichen.

Trotzdem hatte er Bedenken. „Bist du wirklich sicher, dass das alles etwas mit dem Drachenstich zu tun hat?", fragte er.

Agathe schwieg.

„Was ist, wenn Fürst Philipp mit seinen Worten

etwas ganz anderes gemeint hat, wenn wir davon erzählen und …"

„… und uns lächerlich machen, weil unsere Worte nicht wahr sind?"

„Dass wir uns lächerlich machen, ist unser geringstes Problem. Nein, was ist, wenn man uns nicht glaubt? Immerhin beschuldigen wir den Bruder des Königs, etwas Unrechtes zu tun. Und wir wissen noch nicht einmal, worin dieses Unrecht besteht. Wir können nur sagen, dass er uns töten will. Fürst Philipp wird alles leugnen, wird behaupten, dass wir uns so etwas ausdenken, dass wir nur dumme Kinder sind. Warum sollten wir so wichtig für ihn sein? Vermutlich wird man uns anschreien und wieder in den Kerker stecken."

„Einer wird uns glauben: mein Vater. Er wird uns helfen, herauszufinden, was los ist. Oder …"

„Oder was?"

„Oder wir finden es selbst heraus." Sie wies auf die Tür. „Und dazu müssen wir dort hindurch."

Elias seufzte. „Ich habe befürchtet, dass du nicht locker lässt." Jetzt lächelte er plötzlich. „Und wie gut, dass ich auch schon weiß, wie wir durch die Tür kommen."

Agathe sah ihn verdutzt an. Elias holte Jonathan aus seiner Wamstasche und sagte zu ihm „Komm, Jonathan, es gibt Arbeit für dich."

Sie machten kaum Geräusche, als sie durch den Teich zum Ufer schwammen. Jonathan saß etwas unsicher auf Elias' Kopf und krallte sich mit den Pfötchen in seinen Haaren fest. Als sie das Ufer erreichten, sprang er sofort auf festen Boden, blieb aber sitzen und schaute seinen Freund erwartungsvoll an. Die Kinder krochen hinter den Tropfstein, der der Tür am nächsten lag. Rosshaar war keine zehn Schritte von ihnen entfernt.

„Mach dich bereit", flüsterte Elias. „Wenn es dunkel wird, rennen wir los. Lass meine Hand nicht los. Ich finde den Weg."

„Warum sollte es plötzlich dunkel werden?"

„Weil Jonathan genau das tun wird, was er bei unseren Vorstellungen auch immer tut." Er wies auf die Öllämpchen. Sie waren aus Bronze. Ein jedes war mit einem Deckel versehen, der durch ein kleines Scharnier mit der Schale verbunden war. „Genau so ein Lämpchen, gefüllt mit brennendem Weihrauch, benutze ich auch immer, wenn Jonathan gegen den Drachen kämpft. Und jetzt schau, was er tun wird."

Mit einem entschuldigenden Seitenblick auf Agathe nahm er der Maus den Verband ab. „Ich glaube, der stört ihn bei dem, was er jetzt tun wird." Eindringlich, aber leise flüsterte er nun: „Jonathan, töte den Drachen!" Die Maus hörte mit aufmerksamen Augen zu.

Dann wuselte Jonathan los. Direkt zur Tür. Agathe stutzte. Hatte er etwas falsch verstanden? – Nein, jetzt wandte er sich nach links und hielt auf Rosshaar zu, genauer gesagt auf das erste der drei Öllämpchen.

Der Gardist bemerkte die Maus und wisperte überrascht: „Na, wo kommst du denn her?"

Jonathan reagierte nicht, sondern erreichte zielstrebig das erste Öllämpchen, schnupperte daran, schob das

Schnäuzchen unter den Metalldeckel und ruckte den Kopf hoch.

Klack!

Der Metalldeckel hüpfte auf die Lämpchenschale und löschte die Flamme.

„He!", zischte Rosshaar. „Was soll denn das?" Er wedelte mit der Hand, um die Maus zu verscheuchen.

Doch die ließ sich gar nicht beirren und tippelte zum nächsten Öllämpchen.

Elias ergriff Agathes Hand.

Jonathan wiederholte seine Handlung. Klack! Die zweite Flamme erstarb.

„Lass das!", sagte Rosshaar – es klang ein bisschen wie das ängstliche Winseln eines Hundes. Er musste sich wirklich sehr vor der Dunkelheit fürchten. Er zog seinen Degen und hieb nach der Maus. Er verfehlte Jonathan um Längen.

Elias zog Agathe hinter dem Tropfstein hervor. „Lass mich ja nicht los. Ich finde den Weg auch im Dunkeln."

Klack! Jonathan hatte die letzte Lampe gelöscht.

Dunkelheit legte sich über die Höhle. Rosshaar kreischte schrill auf wie ein in Panik geratenes Schwein.

Elias spurtete los und zog Agathe hinter sich her.

Rosshaar stieß abwechselnd Verwünschungen und abergläubische Beschwörungen aus und versuchte fieberhaft, die Lämpchen neu zu entzünden.

Die Kinder erreichten die Tür. Elias spürte das raue Holz und tastete nach der Klinke. Ein flinkes Kitzeln huschte plötzlich sein Hosenbein hinauf, dann über sein Wams und verharrte schließlich auf seiner Schulter. Gut, Jonathan war an Bord.

Elias fand die Klinke, öffnete die Tür, schob sich durch den Spalt und zerrte Agathe hinter sich her. Knirschend fiel die Tür hinter den Kindern ins Schloss. Rosshaar blieb allein mit der Dunkelheit und seinem Aberglauben zurück. Er bemerkte nicht, wie eine Weile später eine dritte Gestalt an ihm vorüberhuschte.

Der Raum hinter der Tür war schwach beleuchtet. Es war eine weitere Höhle, nicht so groß wie die vorherige, aber immer noch riesig.

Und diese Höhle war voller Drachen.

Agathe stieß einen spitzen Schrei aus und Elias zuckte zusammen. Doch nach längerem Hinsehen erkannten die Kinder, dass die zwölf roten, funkelnden Augenpaare nur zu Modellen von Drachen gehörten – lebensgroß zwar und von trickreichen Händen gefertigt, aber doch nur aus Holz, Leim und Leinwand.

Sie wirkten schaurig schön.

Erst recht in dem rötlichen Licht, das vom Ende der Höhle hereinfiel. Dort war ein großer, steinerner Torbogen und dahinter mussten mehrere Fackeln brennen. Das Licht flackerte unruhig und verlieh so den Drachen eine erstaunliche Lebendigkeit.

„Wo sind wir hier?", fragte Elias.

Agathe musterte die Modelle, von denen jedes anders aussah. „Das müssen die Drachen vom Drachenstich sein. Die ausgedienten Modelle der letzten hundert Jahre. Mein Hofmeister hat mir erzählt, dass alle paar Jahre ein neuer, schönerer, prächtigerer, fruchteinflößenderer Drache gebaut wird. Aber die alten werden nicht weggeschmissen. Damit es kein Unglück bringt. Ein alter Aberglaube. Die Fürsten von Howarde sammeln sie."

Die Kinder schritten ehrfürchtig an den Drachen vorbei. Jonathan saß dabei auf Elias' Schulter und schnüffelte in die Runde. Er wirkte unruhig.

Der Höhlenboden führte von der Holztür zum Torbogen steil bergauf. Es gab einen breiten Weg an der linken Felswand. An der rechten standen elf Drachen wie Gardisten bei einer Parade in Reih und Glied. Mit dem Kopf zum Weg, als würden sie die Kinder beobachten.

Und jeder war anders. Es gab mehrköpfige Drachen und Drachen mit Schlangenhälsen. Es gab welche mit sechs Beinen und welche mit Flügeln. Jeder Künstler hatte seiner Fantasie freien Lauf gelassen und seinem Drachen auf andere Art Leben und Form gegeben. Ganz oben am Ende der Höhle neben dem Torbogen stand das größte Modell. Es war ein Lindwurm, der wegen seines langen Halses und Schwanzes nicht in die Reihe der anderen Drachen gepasst hätte. Er starrte mit geöffnetem Maul zu ihnen hinunter. Die Leine, mit der er am Torbogen angebunden war, gab ihm das Aussehen eines grauenhaften Wachhundes.

Plötzlich traten sechs Gestalten neben den Kopf des Lindwurms. Sie rasselten mit ihren Degen. Gardisten.

Die Kinder blieben erschrocken stehen. „Eine Falle", knurrte Elias und drehte sich um. „Zurück in die Tropfsteinhöhle."

Doch dort schob sich Spucker vor die Tür. Er verschränkte die Arme und setzte ein überlegenes Grinsen auf. „Da ist ja mein Schatz!", sagte er süffisant und kaute genüsslich seinen Tabak. „Freust du dich, mich wiederzusehen?" Er warf Agathe freche Blicke zu und bemerkte die Pfütze, die sich unter den Kindern gebildet hatte. Beide tropften noch wie die Wäsche, die in der Wäschestube gewaschen wurde. „Bist ja schon wieder nass wie 'ne begossene Katze. Vielleicht hat mein Kumpel ja doch recht und du bist tatsächlich 'n Zauberwesen. Vielleicht 'ne Meerjungfrau?"

Die anderen Gardisten lachten.

„Und wie ich sehe, hat auch Leutnant Tolmera recht. Du hast deinen Freund mitgebracht. Auch der ist nass. Wohl dein Meermann, was?" Wieder lachten die anderen.

Er spuckte. Jetzt wurde seine Stimme ernst und scharf. Dass vor ihm zwei Kinder standen, schien ihn nicht im Geringsten zu stören. „Leider hat Hauptmann Tornstahl nichts übrig für nasse Katzen oder Meerwesen." Spucker zog seinen Degen.

Den Kindern stockte der Atem.

„Zu eurem Pech möchte er euch zum Abendessen serviert, ausgeweidet wie die Fische." Sein Degen schwirrte vor, doch war er noch zu weit weg, um die Kinder zu erreichen. Aber für die anderen sechs Gardisten war es das Zeichen zum Angriff. Auch sie schienen keinerlei Skrupel zu haben, auf Kinder loszugehen. Vielleicht hielten sie diese auch weiterhin für Dämonen. Und Dämonen musste man den Garaus machen.

Elias erwachte aus seiner Erstarrung. Blitzschnell schaute er sich um und ebenso blitzschnell erfasste sein Gauklerverstand die Lage. Von unten stürmte Spucker hoch, von oben sausten die sechs anderen wild schreiend herab. Auf der einen Seite war nur Felswand.

Blieb also nur die andere, die Seite der Drachen.

Er ergriff Agathes Hand, deren Gesicht aschfahl war. Er zog sie zwischen zwei Drachenmodelle. Einen Basilisken mit Vogelkrallen, Federn und stechendem Blick und einen Gargouille, der aussah wie der riesige Wasserspeier einer gotischen Kathedrale. Sie schoben sich an dem Federkörper vorbei, unter Krallen hinweg und kletterten schließlich über einen sich ringelnden Schuppenschwanz. Er gab nach, als Agathe darauftrat, die bemalte Leinwand riss entzwei. Dann erreichten sie die Rückseite des Gargouille.

Elias warf einen Blick zurück. Spucker und sein Trupp waren ihnen in den Zwischenraum gefolgt. Spucker grinste, er wusste die Kinder in der Falle.

„Wohin?", fragte Agathe angsterfüllt.

„Hier an der Rückseite der Drachen hinauf", wisperte Elias, „und dann oben durch das Tor."

Sie schoben sich in den schmalen Spalt zwischen dem Gargouille und der Felswand. Elias' Plan war einfach. Dort, wo die elf Drachenmodelle an der Wand standen, war nur wenig Platz – gerade genug für zwei Kinder, nicht aber genug für Gardisten mit ihren Degengehängen und aufgebauschten Uniformen.

Also schlüpften die Kinder unter Schwänzen hindurch, zwischen riesigen Pranken einher, an Aufbauten und Rädern vorbei. Einmal war der Raum so schmal, dass sie sich nur mit Mühe hindurchzwängen konnten. Jonathan sprang von Elias' Schulter und hüpfte flink hinter den Kindern her.

Die Gardisten wollten ihnen folgen. Doch wütend gab Spucker den Versuch auf. „Zurück", brüllte er. „Auf den Weg!"

Wie eine Gruppe aufgescheuchter Hühner machten sie kehrt und – blieben stecken. Der letzte Gardist, der sich jetzt plötzlich als vorderster sah, war so fett, dass er zwischen Basilisk und Gargouille hängen blieb. Er keuchte, als die anderen gegen ihn prallten, kam aber nicht frei. Die Gardisten schimpften und Spucker stieß wilde Verwünschungen aus.

Da mischte sich eine neue scharfe Stimme in den Tumult. Leutnant Tolmera war aus der Tropfsteinhöhle getreten. „Ihr Hornochsen", schrie sie. „Habt ihr sie etwa schon wieder entkommen lassen?" Sie konnte die Gefangenen nicht gut sehen. Nur zuweilen tauchten menschliche Schemen zwischen den Drachenkörpern auf. „Zurück und dann nach oben!", schrie der Leutnant.

Sie fiel in einen Laufschritt und fluchte. Die Flüchtenden hatten einen guten Vorsprung. Sie würden als Erste den Ausgang erreichen. „Ein Mann zum Torbogen!", schrie sie.

Tatsächlich tauchte ein weiterer Gardist oben im Torbogen auf. Er bezog sofort Kampfstellung mit gezücktem Degen. Tolmera seufzte grimmig. Der Fluchtweg war versperrt. Den beiden listenreichen Gefangenen würde nun endlich ein Ende gemacht.

Sie sah zwei Schatten neben dem Modell des Lindwurms auftauchen. Sie blickten sich unsicher um.

„Jetzt haben wir sie", dachte Tolmera.

Da hob der Gardist auch schon den Arm. Sein Degen blitzte kurz im rötlichen Licht auf, dann zuckte der Arm herab. Doch er verfehlte die beiden Schatten und traf stattdessen das Halteseil des Lindwurms.

Der Lindwurm rollte los, genau auf Tolmera und die sieben Gardisten zu, die inzwischen hinter ihr auf dem Weg waren. Er nahm an Fahrt zu, polterte laut, als sei er ein echter Drache. Sein Maul war zum Zuschnappen geöffnet.

Mit einem flinken Hechtsprung und einem Fluch auf den Lippen rettete sich Tolmera zwischen die anderen Drachenmodelle. Aber die übrigen Gardisten erkannten die Gefahr zu spät. Mit voller Wucht raste der Lindwurm in sie hinein. Schreiend und kreischend wurden sie auseinandergesprengt, stöhnend rollten sie über den Boden. Tolmera hörte das Knacken von Knochen, als der Lindwurm weiterbrauste. Spucker hielt sich wütend und entsetzt zugleich den blutigen Arm.

„Dunstschädel!", zischte Tolmera und erhob sich. Sie spähte über den Kopf eines griechischen Drakon hinweg. Der Gardist oben hatte zumindest niemanden hindurchgelassen. Gut. Aber jetzt entdeckte sie die kleine Treppenpforte an der rechten Wand, die gerade aufschwang. Nicht gut.

Zwei Schatten huschten hindurch und verschwanden gänzlich im dunklen Treppengang.

„Verflucht!", stieß Tolmera aus. Schon wieder genarrt. Aber jetzt war endgültig Schluss. Sie wusste, wohin die Treppe führte. Dort oben würde sie die beiden erwischen. Und ihnen den Todesstoß versetzen. Sie hielt ihren Degen vor sich, als müsse sie damit die Finsternis des Treppengangs erstechen, und schnellte durch die Pforte.

Eines nur war Tolmera trotz ihrer Wut befremdlich erschienen. Die beiden Schatten waren seltsam klein gewesen. Wen verfolgte sie denn eigentlich? Zwerge oder eine optische Täuschung?

Enttäuschung

„Vier Mann nach draußen, überprüft die Umgebung. Einer versperrt hier den Rückweg. Die anderen suchen mit mir den Raum ab!", befahl Tolmera barsch. Ihr Gesicht war wild wie das eines Löwen und ihre Haarflut, die sich bei der Verfolgung etwas verselbstständigt hatte, wirkte wie eine Mähne.

Spucker blieb an der Treppe stehen und verband mit einem neuen Schnupftuch seine Armwunde. Dann stopfte er sich einen Priem zwischen die Zähne, kaute genüsslich und tat, als ginge ihn alles andere nichts mehr an. Vier Gardisten trampelten durch die Holztür nach draußen. Der Rest versuchte, sich möglichst geordnet zu bewegen.

Tolmera machte ihnen Zeichen, leise zu sein. Ihre Augen glühten im Licht der vielen Kerzen.

Sie befanden sich in der Werkstatt des Magisters Effectuum. Es war eine große, umgebaute Scheune, die mit Regalen und Tischen vollgestopft war und wie eine Mischung aus Alchemistenlabor und Handwerkerlager wirkte. Auf breiten Arbeitsflächen standen die seltsamsten Gefäße und Geräte. Aus manchen quoll Dampf. Porzellantiegel rauchten. Farbige Flammen zuckten in Gläsern. Unzählige Holzräder, Zahnräder und Metallgetriebe lagen in Kisten. Großformatige technische Zeichnungen bewegten sich scheinbar im Kerzenlicht. An einer Wand hingen ausgestopfte Tiere. Eine geöffnete Truhe entpuppte sich als Branntweinarsenal. In einem Regal präsentierten sich Schädel und Knochen. Dazwischen verschlossene Gläser, von denen Tolmera lieber nicht wissen wollte, was in den Flüssigkeiten schwamm.

Sie schauderte.

Der Magister war ein meisterlicher Handwerker und Alchemist zugleich. Manche hielten ihn gar für einen Zauberer. Doch Tolmera wusste, dass das übertrieben war. Der Magister nutzte jegliche Form von Wissenschaft und Technik, um für die fürstlichen Spiele die atemberaubendsten Effekte zu erschaffen.

Sein neuestes Werk stand mitten in der Scheune, zum Teil noch von einem riesigen Flaschenzug gehalten, dessen Seilrollen oben im hohen Gebälk verschwanden.

Es war ein Drache. Genauer gesagt, das Modell eines Drachen. Aber das größte, das Howarde je gesehen hatte. Vom Kopf bis zur Schwanzspitze maß es gut zehn Schritte und wenn der Kopf aufgerichtet war, überragte er den größten Mann Howardes um Längen. Ja, der Kopf des Drachen war etwas Besonderes, er sah furchterregend aus und ließ sich bewegen. Wie es genau funktionierte, wusste Tolmera nicht, doch der Magister hatte einen großen Ochsenkarren mit hölzerner und metallener Technik vollgestopft. Dazu noch seine alchemistischen Pulver und Geheimtinkturen, mit deren Hilfe das Modell zum Leben erweckt werden konnte.

Momentan aber hatte der Drache die Augen geschlossen und den Kopf gesenkt, das Maul war kalt und leer. Trotzdem sah er in dem flackernden Licht der vielen Kerzen, die im ganzen Raum herumstanden, gruseliger aus als alle Drachen unten in der Höhle zusammen. Der Magister selbst war nicht zugegen.

Krach! Ein lautes Scheppern riss Tolmera aus ihren Betrachtungen. Einer der Gardisten hatte ein Fass umgestoßen, das gegen ein Bündel Metallstangen gerollt war.

„Scht!", herrschte Tolmera ihn an. Der Gardist zog den Kopf ein, als hätte ihn eine Peitschenspitze gestreift, und machte eine entschuldigende Geste. Es war schwer, sich ohne Klimpern und Klirren zu bewegen, denn überall auf dem Boden lagen Werkzeuge verstreut.

Tolmera wandte sich wieder ihrer Aufgabe zu.

Die Flüchtigen waren nicht zu sehen, aber trotzdem glaubte Tolmera nicht, dass sie aus der Werkstatt entkommen waren. Dazu war keine Zeit gewesen, zu dicht war sie ihnen auf den Fersen gewesen. Nein, sicherlich hatten sie sich hier irgendwo versteckt. Verstecke gab es in dem Raum genug.

Sie suchte den Boden nach Spuren ab, gab es aber schnell auf. Er war übersät mit farbigen Pulvern, die vor Fußspuren nur so strotzten. Es blieb ihr nichts anderes übrig, als jedes Versteck einzeln zu überprüfen. Sie schaute in Truhen, hinter Kisten, zwischen Regale, hinauf ins dunkle Dachgebälk. Immer weiter drang sie in den Raum vor. Ein leises Rascheln unter einem Tisch weckte ihre Aufmerksamkeit. Sie beugte sich hinab und kniff die Augen zusammen. Es war düster wie in einem Gruselkabinett.

Da! Unter dem Tisch hockte eine Maus. Doch nicht irgendeine Maus. Tolmera grinste. Es war die Maus, die sie mit ihrem Degen „markiert" hatte. Deutlich sah sie den Schwanz, an dem die Spitze fehlte.

„Na los", dachte Tolmera, „führe mich zu deinen Komplizen."

Sie verhielt sich ganz still und gab den anderen Gardisten ein Zeichen, sich nicht zu bewegen.

Die Maus schnupperte unruhig, sie schien zu zittern. Dann flitzte sie los. Unter dem Tisch hervor, durch das wie farbiger Schnee wirkende Pulver, über einen Sandhaufen, auf ein löchriges Brett, das etwas schräg lag und vor einem großen bemalten Bauernschrank endete. Sie sprang, krallte sich an einen herausgebrochenen Holzspan und kletterte schließlich durch ein Loch in den Bauernschrank hinein.

„Bist eine feine Maus", flüsterte Tolmera zufrieden. Dort drin saßen also die beiden Gefangenen. In einem Schrank. Nicht gerade einfallsreich nach allem, was sie bisher für Tricks auf Lager gehabt hatten. Aber vermutlich gingen jetzt selbst diesen Galgenvögeln die Ideen aus.

Sie näherte sich auf Zehenspitzen, legte beide Hände an die Schranktüren und riss sie mit einem Ruck auf. Das Licht mehrerer Kerzen auf einem hohen schmiedeeisernen Ständer in der Nähe fiel ins Innere und beleuchtete zwei zusammengekauerte Gestalten.

Tolmera hatte das Gefühl, als durchzucke sie ein Blitz.

Kinder! Es waren Kinder!

Mit ängstlichem Gesicht hockten sie im Schrank, die Augen voller Schrecken auf Tolmera gerichtet, eine hellbraune, fast goldfarbene Maus in ihrem Schoß.

Tolmera hielt sich an den Schranktüren fest, sonst wäre sie zurückgetaumelt. Sie konnte es nicht fassen. Die gerissenen Flüchtlinge, die ihr solche Probleme bereitet hatten, waren Kinder. Sie hatte gedacht, die Tochter des königlichen Beraters wäre etwa in ihrem Alter. Aber diese hier war höchstens elf oder zwölf Jahre. Das hatte sie nicht gewusst, und Hauptmann Tornstahl hatte es ihr wohlweislich verschwiegen. Denn er wusste genau, dass Tolmera eine Nichte hatte. Ein Mädchen, etwa so alt wie dieses hier. Ein Kind, das sie sehr liebte. Ihre Hand berührte das Medaillon unter dem Uniformkragen.

Tolmeras Gesicht war ebenso kalkweiß wie das der Kinder.

„Habt Ihr etwas gefunden, Leutnant?", fragte ein dürrer Gardist, der jetzt näher kam.

Tolmera antwortete nicht, sie nahm alles wie durch einen Nebel wahr und versuchte, Klarheit in ihre Gedanken zu bringen. Wie konnten Kinder so gefährlich sein, dass Fürst Philipp Anweisung gab, sie zu töten? Tolmera hatte keine Probleme, Übeltäter ihrer gerechten Strafe zu überführen, und wenn diese den Tod bedeutete, dann war es eben so. Aber Kinder? Ihre

Hand umklammerte fest das Medaillon. Ihre Nichte würde es ihr nie verzeihen, wenn sie hiervon wüsste.

„Leutnant?" Der Gardist stand jetzt fast neben ihr.

Leutnant Tolmera traf eine Entscheidung.

„Nein", ihre Stimme klang krächzend. „In dem Schrank ist nichts!"

Die Kinder schauten verdutzt, rührten sich aber nicht.

Der Gardist sah den Leutnant irritiert an, wollte in den Bauernschrank schauen, aber Tolmera schloss energisch die Türen. Dann drehte sie den Schlüssel, der im Schloss steckte, herum und ließ ihn in ihre Uniformtasche gleiten.

„Hier drin ist überhaupt niemand", sagte sie, fand ihre befehlsgewohnte, kühle Stimme wieder und herrschte die Gardisten an. „Ihr Strohschädel habt sie schon wieder entwischen lassen. Sie müssen draußen sein."

„Närrische Narren, was macht ihr in meiner Werkstatt?", rumpelte plötzlich eine Stimme, die an ein verbogenes Blechinstrument erinnerte. „Törichte, tumbe Toren, verlasst sofort mein Labor!"

Der Magister Effectuum stand in der Tür. Er war ein kleiner, etwa fünfzigjähriger Mann mit Kugelbauch, der sich auf einen Stock aus knorrigem Rosenholz stützte. Das Gesicht war knittrig und auf der Nase saß eine Brille mit dicken Gläsern. Von dem vielleicht einmal stolzen Bart war nicht mehr viel zu erkennen, denn er war voller Farbkleckse, Leim und Brandlöcher. Ebenso undefinierbar war auch der Ton seiner Haare. Es sah aus, als hätte er sie nacheinander in die verschiedensten Farbtöpfe getunkt – und das schon vor Jahren. Gekleidet war er in einen ehemals hellgrauen Kittel, doch jetzt teilte er das Schicksal der Haare und war ebenso voller Farben. Um seinen prachtvollen Bauch hingen kleine, gefüllte Säckchen. Wer ihn nicht kannte, hätte ihn vermutlich für verrückt gehalten, aber sein Verstand war ebenso scharf wie das Gezeter seiner Zunge: „Faule Fauleier, Soldatenpack, stöbert in meinen Unterlagen. Freche Frechlinge!"

Ein pausbäckiger Gardist mit Löckchen wie eine Putte wollte etwas erwidern, bekam aber von dem Magister eins mit seinem Stock übergezogen, bevor er den Mund aufmachen konnte. Verdattert stieß er die Luft aus.

„Wir gehen!", befahl Tolmera herrisch. „Hier drin finden wir sowieso nichts." Und zu dem Magister gewandt: „Tut mir leid, ehrenwerter Magister, dass wir die Ruhe Eures Labors stören mussten, aber wir hatten Befehl von unserem Fürsten …", sie überlegte einen Augenblick, was sie dem Zeterzwerg sagen sollte, „… unbedingt nach Euch und dem Drachen zu schauen. Der Fürst macht sich große Sorgen, dass diesem Wunderwerk in den letzten Augenblicken noch etwas zustoßen könnte."

Der Magister ließ den Blick von Tolmera zu seinem Drachen schweifen. Sofort wurde seine Miene weich und in seine Augen trat ein solcher Glanz, dass er damit den ganzen Raum hätte erhellen können. „Teilt dem Fürsten mit, dass es das spektakulärste Spektakel eines Drachen wird, das Howarde jemals gesehen hat. Ich habe mich, wie ich mir selbst eingestehen muss, selbst übertroffen. Aber nun, hebt Euch hinweg, leutseliger Leutnant, und lasst mich noch einmal das meisterliche Meisterwerk überprüfen."

Leutnant Tolmera nickte und machte sich auf den Weg nach draußen.

„Nehmt Eure spießigen Spießgesellen mit", krähte der Magister und wies auf Spucker, der immer noch zufrieden kauend am Treppenaufgang stand. Der blutige Verband am Arm schien ihn nicht mehr zu stören.

Tolmera wandte sich ihm zu: „Du wirst unten in der Drachenhöhle Wache halten. Falls jemand die Treppe herabkommt, weißt du, was zu tun ist."

Spucker nickte, spuckte und trabte die Treppe hinunter.

„Alle anderen raus! Ihr werdet draußen gründlich das Gelände absuchen."

Tolmera ließ den Magister allein, der sich über einige Phiolen gebeugt hatte. Sie warf einen letzten Blick auf den Schrank und vergewisserte sich, dass der Schlüssel sicher in ihrem Uniformrock ruhte. Dann ging sie hinaus und stellte sich draußen vor dem Gebäude auf, den Rücken den Werkstattfenstern zugewandt, den Blick nach innen gerichtet. Sie dachte nach, was zu tun sei. Auf keinen Fall würde sie diese Kinder töten. Sie hatte vor, Zeit zu gewinnen. In dem Schrank konnten die beiden keinen Schaden anrichten. Und entkommen konnten sie auch nicht, selbst wenn es ihnen gelingen sollte, den

Schrank zu verlassen. Am Treppenausgang in die Drachenhöhle stand ein Gardist und sie selbst würde den Platz hier nicht verlassen. Sie sah an den Stallungen vorbei zum Schloss. Von hier aus konnte man die Festwiese nicht sehen, aber sie war nicht weit entfernt. Ihr Hauptmann hatte davon gesprochen, dass beim Drachenstich etwas Wichtiges geschehen würde. Sie hatte vor, die Kinder so lange hier festzuhalten. Vielleicht würde sich danach ja der Befehl des Fürsten von alleine aufheben. Vielleicht reichte es aus, seinen ursprünglichen Befehl auszuführen, nämlich die Kinder bis nach dem Drachenstich nicht entkommen zu lassen.

Sie schüttelte den Kopf. Noch immer fragte sie sich, wie diese Kinder es geschafft hatten, den Zorn des Fürsten auf sich zu ziehen.

Der Klang der Turmglocke ließ Tolmera zusammenzucken. Nicht mehr lange, dann würde das große Schauspiel beginnen. Sie spreizte die Beine, verschränkte die Arme und rührte sich nicht mehr.

Die Zeit verging.

„Kümmerliche Kummerköpfe", murmelte der Magister. Er hantierte an ein paar Krügen herum, zog mehrere Schrauben an seinem Drachen nach, schmierte Fett auf ein Zahnrad, überprüfte die Fässer, bauchigen Flaschen und Krüge mit den geheimnisvollen Elixieren. Zuletzt äugte er in die Säckchen an seinem Bauch und stieß ein keckerndes Lachen aus, als er an die Zuschauer dachte. Denen würden die Augen übergehen und zusammenzucken würden sie, wenn es knallte und zischte, rauchte und brodelte. Ja, er würde diesem Untier aus Holz und Metall schon genügend Leben einhauchen. Er klopfte seinem Drachen liebevoll auf den schuppigen Hals und hakte den Flaschenzug aus. Eine Trompete erscholl laut und durchdringend. Noch eine halbe Stunde, dann würde der Drachenstich beginnen. Es war Zeit, die Männer zu holen. Er trat aus seiner Werkstatt.

Als der Raum ganz leer und still war, knackte es in dem alten Bauernschrank. Genauer gesagt knackte das Schloss. Dann öffnete sich die Tür und ein brauner Schopf lugte heraus.

„Die Luft ist rein", flüsterte Elias.

Agathe kam hinterher. „Kannst du eigentlich jedes Schloss öffnen?", fragte sie.

„Wenn es so einfach gebaut ist wie dieses hier, schon." Elias steckte den gebogenen Hufnagel zurück in seine Wamstasche.

Agathe schaute sich um. Sie war immer noch bleich wie der Tod. „Warum hat sie das gemacht? Warum hat sie uns am Leben gelassen? Und uns eingeschlossen?"

„Ich weiß es nicht. Aber ehrlich gesagt ist es mir auch egal." Er sah sich um. „Verrat mir lieber, wie wir hier rauskommen. – Dort hinaus jedenfalls nicht." Er wies zum Fenster, hinter dem deutlich Tolmeras Rücken zu erkennen war. „Der Leutnant hält Wache. Und ich glaube nicht, dass sie auf einmal unser Freund geworden ist."

„Unten an den Stufen steht Spucker", meinte Agathe. Sie war zur Treppe geschlichen, die in die Drachenhöhle hinunterführte. „Ob wir ihn reinlegen können?"

„Ich habe eine bessere Idee", sagte Elias plötzlich und klang aufgeregt. Er hatte das Drachenmodell untersucht. An einer Seite gab es zwischen Vorder- und Hinterbein eine Art Tür. Eine hölzerne Luke. Er hatte sie geöffnet und den Kopf hineingesteckt. Seine Stimme klang dumpf, als er weitersprach. „Hier drin können wir uns verstecken. Da ist genug Platz zwischen dem ganzen Kram. Komm!"

Schon kletterte er hinein.

Agathe zögerte. „Aber ein Versteck nützt uns nichts. Wir müssen zu meinem Vater. Und der wird jetzt mit dem König beim Drachenstich sein."

Elias' Schopf erschien wieder in der Luke, diesmal von innen. „Genau, und was glaubst du, wohin dieses Ding wohl fahren wird?"

Agathe bekam große Augen, als ihr bewusst wurde, was er meinte. „Zum Drachenstich!"

„Das ist die beste Reisekutsche, die wir bekommen können", gluckste Elias und half Agathe hinein.

Draußen hörte man die nervende Stimme des Magisters und das Murmeln mehrerer Männer. Gerade als der Magister die Werkstatt betrat, schlossen die Kinder die Luke im Drachenbauch.

Im Bauch des Drachen

Die Dämmerung senkte sich über das Schlossgelände. Die Scheunentore öffneten sich, der Drache kroch hervor.

Acht starke Männer schoben das künstliche Tier an den dunklen Stallungen vorbei. Die Schatten der Gebäude schnitten dunkle Kerben in das Untier. Dort, wo das Licht die Oberhand gewann, wirkte es wie ein echtes riesiges Reptil, das sich knirschend seinen Weg bahnte.

Es musste sehr schwer sein, denn die Männer ächzten und stöhnten. Die großen Räder des Ochsenkarrens sah man dabei nicht. Der Magister hatte sie geschickt unter der metallisch glänzenden Haut des Drachen versteckt.

Unterwegs begegnete ihnen niemand. Alle Gebäude, alle Wege, jedes Fenster, jede Tür wurde nur noch vom leise wehenden Abendwind belebt. Sämtliche Diener und Knechte, Mägde und Zofen – alle hatten sich, wenn sie beim heutigen Bankett keine Aufgabe übernehmen mussten, einen Platz gesucht, von dem aus sie das kommende Spektakel heimlich beobachten konnten.

Der Magister stolzierte mal vorne, mal hinten, gab lautstarke Befehle, klopfte mit seinem Rosenholzstock auf den Boden und schimpfte, wenn sein Kunstwerk einer Mauer oder einem Baum zu nahe kam. Endlich lagen die Stallungen hinter ihnen und es ging auf die Festwiese zu.

Der Drache verharrte schließlich hinter der Bühne im Schatten einer dichten Linde. Noch konnte er von niemandem gesehen werden. Das Theaterstück würde bald beginnen, aber der Auftritt des Drachen erfolgte erst gegen Ende, sein Kampf mit dem Ritter war der Höhepunkt des ganzen Schauspiels.

Die acht Männer ließen das Ungetüm mit seinem Schöpfer allein zurück. Sie würden sich nach der Anstrengung erst mal ein Bier genehmigen und sich dann zu dem Kurbelhaus am Ende der Arena begeben.

„Achtet auf mein Zeichen, freundliche Freunde", rief ihnen der Magister hinterher, „und dann kurbelt die Kurbel."

Er bückte sich unter den Bauch des Drachen und hakte ein Seil in eine eiserne Öse. Das Seil lief verborgen unter dem Sand der Arena und endete an einer versteckten Kurbel hinter den beiden Logen. Wenn die Männer sie drehten, würde sich der Drache wie von selbst in Bewegung setzen.

Der dicke, kleine Mann umrundete prüfend sein Werk. Die Trompete blies zum zweiten Mal. „Ah", murmelte er, „nur noch eine Viertelstunde, dann werden wir den herrlichen Herren eine freudige Freude bereiten." Er überlegte einen Augenblick, seufzte und watschelte dann zurück hinter das letzte Stallgebäude.

Der Drache blieb allein wie eine urzeitliche Statue unter der gewaltigen Linde.

Die Kinder hockten in seinem Inneren hinter mehreren Fässern. Auch wenn der Ochsenkarren groß war, war ihre Lage doch unbequem, denn er war vollgestopft mit allem möglichen technischen Zubehör. Im vorderen Teil, dort wo sich das Drachenmaul befand, war ein merkwürdiger Sitz. Elias fragte sich, wofür er diente und wozu all die Apparaturen waren, die davor, darüber und daneben befestigt waren. Der hintere Teil war ein einziges Lager von Fässern, Krügen und Flaschen. Die meisten waren durch Schläuche miteinander verbunden und mündeten in ein dickes Rohr, das bis in das Maul des Drachen lief. In den Fässern blubberte es bedrohlich und es stank fürchterlich.

„Lass uns verschwinden!", keuchte Agathe. Sie konnte sich kaum rühren, so eng war es. Die Fesseln in der Tropfsteinhöhle fielen ihr wieder ein und sie fühlte Beklemmung in sich aufsteigen.

„Warte", zischte Elias, „ich höre jemanden kommen."

Wieder bewies er sein feines Gehör, denn es dauerte eine Weile, bis auch Agathe das Knirschen von Schritten im Sand vernahm. Schließlich verharrten die Schritte am Stamm der Linde, direkt neben dem Drachenbauch, und zwei Stimmen begannen leise ein kurzes Gespräch.

Die Kinder zuckten zusammen, denn eine Stimme erkannten sie sofort. Hauptmann Tornstahl. Agathe erfasste ein Schauder. Hauptmann Tornstahl stand direkt neben ihr, nur durch eine dünne Wand aus Holz und Leim von ihr getrennt.

Sie verhielten sich still und lauschten.

„Nun naht deine große Stunde, Erkenbrand", raunte der Hauptmann. „Du wirst diesmal keinen Ruhm ernten, eher Unverständnis und Entsetzen, vielleicht sogar Verwünschungen. Aber die Gunst des Fürsten wird dir zugeneigt sein. Und diese ist grenzenlos."

„Hauptsache, ich bekomme das Geld, das Ihr mir versprochen habt, Hauptmann." Erkenbrands Stimme war rau wie ein Stück Rinde.

„Natürlich. Der Schatzbeutel des Fürsten ist ebenso groß wie seine Gunst. Du wirst nach dem heutigen Abend für eine Weile untertauchen. Als reicher Mann wohlgemerkt. Aber später, nachdem Gras über die Sache gewachsen ist, winkt dir eine Stelle am Königshof."

Agathe runzelte die Stirn. Wie konnte der Hauptmann diesem Mann eine Stelle am Königshof versprechen? Dazu war er doch gar nicht befugt.

„Am *neuen* Königshof", fügte er verschwörerisch hinzu. Agathe spitzte die Ohren, um kein Wort zu verpassen.

„Es soll wie ein Unfall aussehen", wisperte der Hauptmann. „Denk daran, wenn du die Stiche ausführst."

Erkenbrand schien beleidigt, denn seine Stimme klang jetzt energisch, als hätte ein Feuerwind die raue Rinde entzündet: „Ihr könnt Euch auf mich verlassen,

Hauptmann. Nicht umsonst bin ich der beste Speer-
werfer der Garde. Traditionell werden beim Drachen-
stich sieben Speere auf den Drachen geworfen. Und der
siebte Speer, der siebte Stich, tötet den Drachen."
„Nur diesmal nicht", unterbrach ihn der Hauptmann.
Seine Worte waren eisig und scharf wie ein Schwert aus
Eis: „Diesmal ist es anders." Er machte eine kurze Pause,
dann fielen die nächsten Worte umso bedeutungsvoller:
„Der letzte Stich tötet den König!"
Agathe durchzuckte es heiß und kalt zugleich.
Der letzte Stich tötet den König.
Das war der Satz, den Philipp zu Tornstahl gesprochen hatte, als sie in den Raum gestolpert war. Der
Satz, der sie in den Kerker gebracht hatte. Ihr schwin-
delte. Sie hatte sich nicht getäuscht. Fürst Philipp und
Hauptmann Tornstahl planten etwas gegen den König.
Aber es war noch schlimmer, als sie befürchtete hatte:
ein Attentat. Und wenn dieser Erkenbrand es schaffte,
es wie einen Unfall aussehen zu lassen, wäre die Sache
für den Fürsten perfekt. Aber selbst wenn nicht, würde
es gut für ihn ausgehen. Denn vermutlich konnte ihn
niemand mit dem Attentat in Verbindung bringen, und
er würde die Macht an sich reißen. Fürst Philipp würde
der neue König werden. Und niemand würde je etwas
von den Hintergründen erfahren. Niemand, wenn nicht
sie und Elias es schafften, den König zu warnen. Mit
einem Mal begriff sie, dass es nicht nur um das Leben
des Königs ging. Denn niemals würde der Fürst die beiden Kinder am Leben lassen, wenn er König wäre. Er

würde diese lästigen Ohrenzeugen ausradieren wie ein Zeichner ein missratenes Motiv.

Sie zitterte und stieß gegen einen Krug, der geräuschvoll hin- und herwackelte.

„Was war das?", ertönte sofort Hauptmann Tornstahls misstrauische Stimme.

„Ich habe nichts gehört", entgegnete Erkenbrand.

„Es kam aus dem Drachen!"

Die Kinder hielten die Luft an.

In diesem Moment hörten sie eine dritte Stimme, die von der anderen Seite des Drachen her sprach: „Ah, Hauptmann und der edle Edelmann, der den Drachentöter spielt, macht Ihr Euch Sorgen um meine bestialische Bestie? Es ist alles bereit." Der Magister kicherte. „Ich werde Euch feuriges Feuer unter dem Hintern machen, Erkenbrand. Genauso wie der Spielmeister es mit mir besprochen hat."

„Habt Ihr etwa unser Gespräch belauscht?", fragte Tornstahl mit einer Schärfe, die der Magister nicht bemerkte.

„Welches Gespräch?", erwiderte der Magister mit einer Unbefangenheit, die dem Hauptmann zeigte, dass der Mann tatsächlich nichts gehört hatte.

„Ich komme gerade vom Stall", plapperte der Magister weiter. „War fort, um mich zu erleichtern. Schließlich muss ich gleich lange in dem schuppigen Schuppenmonster ausharren, wenn Ihr versteht, meine Herren."

Der Hauptmann entspannte sich. In diesem Moment ertönte die dritte Trompete. „Nun gut, meine Herren, dann möge der Drachenstich beginnen und zur Zufriedenheit unseres Fürsten verlaufen. Auf einen guten Wurf, Erkenbrand."

Damit entfernten sich seine Schritte. Erkenbrand rückte sein Kostüm zurecht, ging zur Bühne und wartete auf seinen ersten Auftritt.

Der Magister jedoch öffnete die kleine Luke, krabbelte in den Bauch des Drachen und nahm vor den Kindern auf dem Sitz Platz.

Elias und Agathe schauten sich erschrocken an. Der Weg aus dem Drachenbauch hinaus war ihnen nun versperrt. Sie mussten in dem Ding aushalten. Sie konnten nur hoffen, dass ihnen irgendetwas einfiel, um den König zu retten. Und das während des Drachenkampfes.

Der Kampf beginnt

Die Zeit kroch dahin wie eine Schnecke.

Im Inneren des Drachen war es warm und bis auf das Blubbern der Fässer und dem gelegentlichen Summen des Magisters war nichts zu hören. Selbst die Dialoge der Schauspieler auf der nahen Bühne waren hier drin nur ein Wispern. Nur wenn die Masse der Zuschauer lachte, seufzte oder erstaunt auffuhr, wussten die Kinder, dass sie sich mitten im Drachenstich befanden.

Elias beobachtete den Magister ganz genau, der immer wieder die verschiedenen Apparaturen berührte und dabei vor sich hinmurmelte. Aber noch durchschaute der Junge die komplizierte Technik nicht.

Der Magister hatte sich in seinem Sitz bequem zurückgelehnt. Sein dicker Bauch sah aus wie ein Ballon. Die verschiedenen Säckchen an seinem Gürtel öffnete er jetzt sorgsam und überprüfte den Inhalt. Schon vor geraumer Zeit hatte er seinen Rosenstock neben sich in eine Halterung gesteckt. Dieser Stock war nicht einfach nur ein Gehstock, wie Elias zuerst vermutet hatte, nein, er war ein wichtiges Werkzeug. Der obere Teil lief in einer verzweigten Spitze aus, die aussah wie eine knorrige Hand. Und in diese Hand hatte der Magister einen glühenden Stein gesetzt. Elias sah, wie die Luft darüber flimmerte und sich zuweilen kleine Rauchschwaden daraus hervorringelten.

Jetzt ergriff der Magister den Rosenstock, reckte ihn über sich in den Drachenkopf hinein, zuerst nach links, dann nach rechts, und entzündete damit jeweils einen schwarzen Klumpen von der Größe einer Männerfaust. Der Magister gluckste zufrieden, als ein Funke übersprang und die Klumpen feuerrot aufglühten.

„Feines Gemisch", murmelte er beglückt. „Kohlenstaub und allerlei, was die brodelnde Alchemistenküche so hergibt. Brenne schön, feuriges Feuer, glutige Glut."

Elias blieb der Mund offen stehen, als er erkannte, wofür die Glutklumpen dienten. Augen. Es waren die glühenden Augen des Drachen. Noch konnte sie niemand sehen, denn die metallischen Augenlider waren geschlossen. Aber sicherlich würde gleich der Höhepunkt des Drachenstichs beginnen.

Er stieß Agathe den Ellbogen in die Rippe. Inmitten der dumpfen Wärme war sie in einen Dämmerzustand gefallen, aus dem sie jetzt glücklicherweise lautlos erwachte.

„Was ist?", fragte sie leise.

„Ich glaube, es geht los", antwortete Elias.

Und richtig. Der Magister zog an einer Schnur. Die Augenlider des Drachen öffneten sich. Die Glutklumpen leuchteten weithin und gaben das vereinbarte Zeichen.

In der Ferne drehten die Gehilfen an der Kurbel und der Drache setzte sich ruckartig in Bewegung. Der

Magister schloss die Augenlider wieder. Noch sollte die Bestie leblos erscheinen.

Wie ein Schlafwandler kroch der Drache in die Arena. Das Publikum bemerkte ihn erst nach und nach. Dann ging ein Raunen durch die Menge.

Inzwischen war es stockdunkel geworden und nur die geschickt angebrachten Bühnenlichter, mit den vom Magister Effectuum entworfenen Spiegeln und Linsen, verbreiteten das gewünschte Licht. Das Untier schien sich ganz von alleine zu bewegen und sah aus, als würde es noch schlafen. Doch da öffneten sich die schweren Augenlider und die Augen flammten auf, als wären sie Glutstücke aus der Hölle.

Das Publikum sog vor Erregung die Luft ein.

Der Magister im Inneren kicherte. Dann begann er, mit den Füßen kräftig zu treten. Ein hölzernes Rad drehte sich, ein Getriebe ächzte, langsam kam Bewegung in den Drachenhals. Der Kopf hob sich.

Das Publikum hielt die Luft an.

Jetzt legte der Magister mit einer Hand einen Hebel um und der Drache öffnete das Maul. Mit der anderen zog er ein trichterförmiges Rohr zu sich heran, dicht vor den Mund, bereit, mit dem Teufel um die Wette zu brüllen. Er wusste, dass Trichter und Rohr seine Stimme um ein Vielfaches verstärken würden, und freute sich.

Der Drache hatte sein Maul vollends geöffnet. Die scharfen Zähne glänzten. Jetzt schallte ein ohrenbetäubendes Brüllen hervor, dröhnte wie Donner über die Festwiese und ließ den Menschen die Haare zu Berge stehen.

Die Menschenmenge erstarrte einen Herzschlag lang. Dann machte sich die Anspannung in einem infernalischen Begeisterungssturm Luft.

Der Drache war da, nun würde der Kampf beginnen. Durch das geöffnete Maul konnten sowohl der Magister als auch die Kinder die Arena sehen, den Ritter Erkenbrand auf einem weißen Pferd, bewaffnet mit sieben tödlichen Speeren.

Und deutlich sah Agathe die königliche Loge, die von einigen Fackeln in schummriges Licht getaucht wurde. Neben dem erhöht stehenden Stuhl des Königs entdeckte sie einen dunklen Schatten mit einem langen grauen Bart.

Agathe schauderte. Wenn Erkenbrand den König verfehlte, würde der Speer womöglich einen anderen treffen. „Mein Vater", hauchte sie.

Elias sah sie mit einer Mischung aus Mitgefühl und Schrecken an.

„Wir müssen ihn warnen", flüsterte das Mädchen.

„Aber wie, wir können hier nicht raus. Tornstahl lauert irgendwo in der Gegend. Der wird uns sofort den Garaus machen, wenn er uns sieht."

Agathe überlegte fieberhaft, doch für einen Moment wurde sie abgelenkt.

Der Magister beugte sich vor und legte einen kleinen Hebel um. Er sah aus wie ein Wasserhahn und befand sich am Ende des Rohres, mit dem die Schläuche verbunden waren. In den Fässern blubberte es lauter als zuvor. Dann gab es ein Zischen, doch kein Wasser strömte aus dem Rohr, sondern ein unsichtbares Gas. Glucksend hielt der Magister seinen Rosenstock in den Strom. Der glühende Stein entzündete sofort das Gas und eine gelbe Stichflamme fauchte meterweit aus dem Drachenmaul heraus. Hitze flutete herein. Die Kinder kamen sich vor wie in der Hölle.

Der Magister jedoch griff unbeeindruckt nacheinander in die verschiedenen Säckchen an seinem Bauch und warf Pulver in die Flamme. Der Feuerstrom färbte sich mal blau, mal rot, mal grün wie eine giftige Schlange.

Das Publikum johlte vor Begeisterung.

Der Magister zog an dem Hebel des Ventils, die Feuergarbe erstarb.

„Wir müssen meinem Vater eine Nachricht schicken", nahm Agathe den Gedanken wieder auf.

„Aber wie?"

Agathe sah sich suchend um, dann fiel ihr Blick auf die Maus, die aus Elias Wamstasche gekrochen war und nun neugierig auf seiner Schulter hockte. „Jonathan", hauchte sie. „Jonathan muss sie überbringen."

Elias schaute sie verdutzt an. „Das schafft er nicht. Wie soll er wissen, wem er die Botschaft bringen soll?"

Agathe sah Elias strafend an. „Er ist ein kluges Tier. Er hat mich in der Tropfsteinhöhle gefunden. Also wird er auch meinen Vater finden."

„Aber da hatte er deine Spur und er kannte dich." Elias machte eine ausholende Geste. „Wie soll er in all dem Trubel ausgerechnet deinen Vater finden?"

„Du bist der Gaukler", sagte Agathe fordernd. „Du hast ihn trainiert. Also lass dir etwas einfallen."

Elias sah sie brummig an. „Du bist so was von … von …"

„Von was?", entgegnete sie herausfordernd.

Elias fiel kein passendes Wort ein. „Ach, vergiss es!" Sein Blick fiel auf das Rüschentuch, das Agathe um den Hals trug. Es war ziemlich auffällig gearbeitet. Er wies darauf. „Kennt dein Vater dieses Tuch?"

Jetzt schaute Agathe verdutzt drein. „Ich weiß nicht, wozu das wichtig sein soll."

Elias blieb beharrlich. „Kennt er es nun oder nicht?"

„Natürlich! Es ist ein Geschenk meiner verstorbenen Mutter. Ich habe es seit ihrem Tod immer getragen."

„In Ordnung. Nimm es ab."

„Was?"

„Du sollst es abnehmen. Und dann schreib eine Nachricht darauf."

„Das tue ich nicht. Es ist kostbar."

„Das Leben des Königs ist noch kostbarer, oder? Willst du deinem Vater nun eine Nachricht schicken?"

„Dann ist dir etwas eingefallen."

Elias nickte und hangelte nach einem Stück Kohle, das hinter dem Sitz des Magisters lag. Er reichte es ihr. „Schreib damit eine Nachricht auf das Tuch! Und dann gib es mir."

„Aber was hast du vor?"

„Schau hinaus. Diese Arena ist viereckig und von allen Seiten eingegrenzt. Und rechts und links in den

Ecken stehen die beiden Logen. Sie sehen aus wie kleine Häuschen. Das ganze sieht fast so aus wie mein Mausroulette. Nur viel größer."

„Das verstehe ich nicht!"

„Mein Mausroulette, das mir dieser verfluchte Tornstahl zerstört hat, ist ein Spielfeld mit vier Häusern. Die Leute setzen darauf, in welches Haus Jonathan läuft. Aber sie wissen nicht, dass Jonathan auf geheime Zeichen reagiert und genau in das Haus läuft, das ich ihm vorgebe. Nur Tornstahl hat mich bisher durchschaut."

Für einen Moment sah Agathe wieder aus wie die eitle, hochnäsige Tochter des königlichen Beraters. „Deshalb saßest du im Kerker. Du betrügst die Leute."

„Ich bin ein Gaukler. Was erwartest du?" Und bevor sie weiterreden konnte, fügte er hinzu: „Außerdem ist es ein Glück, weil genau das jetzt dem König den Hals retten kann."

Unwillig fragte Agathe: „Und wie soll das gehen?"

„Du schreibst eine Nachricht für deinen Vater auf das Halstuch. Ich binde es Jonathan um, gebe ihm das geheime Zeichen und schicke ihn los. Wenn wir Glück haben, empfindet auch er diese Arena als neues großes Spielfeld und schlüpft in die richtige Loge. Und dann können wir nur hoffen, dass dein Vater auf ihn aufmerksam wird und das Halstuch erkennt."

Wieder fauchte eine bunte Flamme aus dem Drachenmaul. Bald würde der Ritter mit dem Angriff beginnen. Sie hatten nur sechs Stiche Zeit. Dann …

Agathe nickte. Die Idee war verzweifelt, aber eine bessere hatten sie nicht. Sie knotete das Tuch ab, schrieb ein einziges Wort darauf und reichte es Elias.

Der Junge band Jonathan das Tuch so um den Bauch, dass es ihn beim Laufen nicht behinderte, aber trotzdem noch zu sehen war. Dann kramte er die Strohpuppe aus seiner Wamstasche. Er fand sogar noch eine allerletzte Nuss, die er im Bauch der Puppe verstaute. Dann hielt er sie Jonathan vor das Schnäuzchen. „Hier Jonathan, dein Burgfräulein."

Jonathan nahm sie ins Maul. Er ahnte, was nun kam. Ein neues Spiel, bei dem am Ende immer eine Nuss für ihn heraussprang. Er freute sich. Er hatte Lust, dieses Spiel zu spielen.

Er äugte aufmerksam zu Elias. Der nahm ihn in die Hand, kraulte ihn und streichelte mehrmals das linke Vorderbein. Jonathan verstand. Linkes Vorderbein. Linkes vorderes Haus.

„Geleite die Dame", flüsterte Elias.

Das war das Stichwort. Jonathan sauste los, sprang zwischen den Fässern hervor, an dem Magister vorbei, der ihn nicht bemerkte, und hüpfte aus dem Drachenmaul auf den schwarzen Sand der Arena.

Doch dann blieb er überrascht stehen. Wo war das Spielfeld? Wo waren diese Häuser, in denen er sich verstecken sollte? Irritiert stellte er sich auf die Hinterbeine. Weit entfernt sah er zwei große Kästen. Einen rechts, einen links. Vielleicht waren das ja die Verstecke, zu denen er sollte.

Die Zweibeiner, die sonst immer um das Spielfeld standen und juchzten, waren jedenfalls da. Und diesmal waren es sogar viel mehr als gewöhnlich. Das spornte Jonathan an. Schließlich wollte er seine Sache gut machen.

Kleine Wölkchen schwarzen Sandes wirbelten auf, als die Maus loshuschte.

Aus die Maus

Jonathan wuselte über den schwarzen Muschelsand. Er war einmal durch die Asche eines erkalteten Ofens gekrochen. Dies hier war so ähnlich. Nur war dieser Ofen hier viel, viel größer. Aber dort, am Ende der Fläche, sah er zwei Häuser wie in dem Spiel seines Freundes. Eines war schwarz, das andere tiefblau. Erst als er näher kam, merkte er, dass auch diese Häuser viel größer als gewöhnlich waren. Es waren keine Hütten für Mäuse, sondern für die Zweibeiner, die sich so zahlreich versammelt hatten.

Aber Jonathan war eine kluge Maus und so hielt er sich genau an den Plan. Sein Freund hatte ihm ein geheimes Zeichen gegeben und er würde das tun, was er immer tat: Zuerst das rechte Haus antäuschen und dann doch in das linke hineinschlüpfen.

Er fiepte, weil er sich schon auf die Belohnung freute, und verschnaufte kurz. Der Lärm der Zweibeiner dröhnte in seinen kleinen Ohren. Er nahm die Stoffpuppe fester ins Mäulchen und hüpfte weiter. Der Weg war viel weiter und anstrengender als sonst, denn in dem Muschelsand ging es auf und ab.

Endlich erreichte Jonathan das rechte, schwarze Haus. Es war noch größer, als er gedacht hatte. Es irritierte ihn, dass Zweibeiner darin saßen. Aber vermutlich hatte sein Freund das Spiel ein wenig verändert. Vielleicht war er deshalb so aufgeregt gewesen. Jonathan hatte das schnell schlagende Herz seines Freundes deutlich gespürt. Also tat er so, als wolle er das Haus betreten, drehte dann aber ab und lief in die andere Richtung. Die Zweibeiner jubelten.

Jonathan hielt nun schnurstracks auf das linke Haus zu. Wieder tobte die Menge. Es schmerzte in seinen Ohren. Kurz nahm sein feines Näschen den Geruch von angesengtem Holz wahr. Er warf einen Blick zum Drachen zurück. Ein Feuerstoß erstarb gerade in dem Maul der riesigen Bestie. Dann hörte die Maus das Galoppieren eines Pferdes.

Jonathan sprintete weiter, doch plötzlich blieb er stehen.

Vor ihm hatte sich ein furchteinflößendes Tier aufgebaut. Eine große weiße Ratte mit einem wehenden blauen Umhang um den Leib. Hannibal. Die gelben Augen funkelten gefährlich und durch die spitzen Zähne drang ein drohendes Zischen.

Jonathan erstarrte vor Schreck.

Sein Kopf zuckte hin und her, er suchte nach einem Versteck. Doch es gab keins. Bis zu dem großen blauen Haus waren es noch viele Mäusesprünge – zu viele, um der viel größeren Ratte entkommen zu können. Erst recht, da ihm dieses umgebundene Tuch ein wenig die Schnelligkeit nahm. Und um ihn her waren nur schwarze Dünen in einem schwarzen Meer aus Sand.

Die Ratte erhob sich auf die Hinterbeine und fauchte. Dann griff sie an.

Jonathan sah den Tod auf sich zuspringen. Kiefer schlugen zu und verbissen sich in weichem Fell. Blutdürstige Zähne zerrissen es. Doch nein, es war kein Fell. Jonathan hatte einen – für eine Maus – gewaltigen Sprung in die Höhe getan. Er hatte die Strohpuppe fallen lassen und sie dem Gegner geopfert. Er sah noch, wie die Ratte das Burgfräulein in Fetzen riss, sah mit Bedauern, wie die Nuss in den schwarzen Sand rollte, dann landete er selbst genau auf dem Körper seines verdutzten Gegners. Er schlug zurück und versenkte seine spitzen Mausezähnchen im Rattenfell.

Hannibal grunzte, weniger vor Schmerz als vielmehr vor Überraschung. Er hatte diese dreiste kleine Maus unterschätzt. Er hatte sie für ein leichtes Opfer gehalten, als er sie von der Schulter seines Herrn aus beobachtet hatte. Doch sie schien eines Kampfes würdig.

Die Maus rannte jetzt auf die blaue Hütte zu. Hannibal schnellte hinterher. Er würde sich nicht noch einmal übertölpeln lassen. Schon näherte er sich und öffnete fauchend das Maul.

Jonathans Herz klopft wild, seine Pfötchen stoben durch den Sand.

Ein zweites Mal biss die Ratte zu und warf den Kopf herum. Dieses Mal wurde Jonathans früheres Unglück zu seinem Glück: Die fehlende Schwanzspitze rettete ihn. Die Ratte hatte ihn daran packen und zur Seite schleudern wollen. Doch dort, wo Hannibal die

Spitze eines Mäuseschwanzes vermutet hatte, war nur Luft.

Jonathan gewann dadurch wieder etwas Vorsprung. Schon ragte das blaue Haus über ihm auf. Unter dem Boden des Hauses war ein Hohlraum – dunkel und voller hölzerner Verstrebungen. Für eine Maus wie Jonathan ein wunderbares Kletterfeld. Für eine fette Ratte etwas weniger. Glücklicherweise behinderte der blaue Umhang die Ratte mehr als das Rüschentuch Jonathan. Er erklomm sofort die nächstbeste Strebe, die vom Boden in die Höhe führte. Hannibal stoppte kurz, richtete sich auf den kraftvollen Hinterbeinen auf und reckte seine Schnauze in die Höhe. Er entblößte die scharfen Zähne und zischte unwillig. Dann hüpfte auch er, gewandter, als man seiner riesigen Statur zugetraut hätte, hinauf.

Jonathan sprang von Strebe zu Strebe, kletterte, hüpfte, krabbelte. Hannibal verfolgte ihn zielstrebig. Es ging immer höher hinauf, einer hölzernen Decke entgegen, die in Wirklichkeit der Boden der königlichen Loge war. Gearbeitet aus derben Bohlen, belegt mit einem feinen roten handgeknüpften Teppich. Über Jonathan knarrte und knackte das Holz, wenn sich die Zweibeiner bewegten.

Allmählich entwickelte sich Jonathans Unterschlupf zur Falle, denn es gab immer weniger Möglichkeiten, weiterzuhüpfen. Hannibal zischelte triumphierend.

Jonathan schnüffelte zur Decke. Vielleicht konnte er irgendwie nach oben gelangen. Hier und da gab es Ritzen zwischen den Bohlen, durch die sich eine Maus zwängen konnte.

Hannibal kroch näher – siegesgewiss und mit gebleckten Zähnen.

Doch Jonathan gab sich noch nicht geschlagen.

Flink, wie es nur eine Maus kann, huschte er über den letzten Sparren ganz dicht unter dem Dach dieses riesigen Verstecks. Immer wieder hingen Teppichfäden zwischen den Bohlen herab und bildeten hier und da eine Schlinge. Jonathan huschte durch eine hindurch, Hannibal hetzte hinterher.

Weiter hinten sah Jonathan etwas Licht von oben herabfallen. Wieder passierte er eine Teppichschlinge. Hannibal folgte, doch diesmal blieb er hängen.

Die Schlinge war gerade groß genug für eine Maus gewesen, nicht aber für eine fette Ratte. Und je mehr Hannibal strampelte und zischte, umso mehr verhedderte sich sein Umhang in dem Teppichfaden.

Jonathan warf kurz einen Blick zurück und sah, wie sein eben noch mächtiger Gegner nun selbst in der Falle saß. Wütend kämpfte er mit der Teppichschlinge. Doch diese legte sich unbarmherzig wie ein Galgenstrick um seinen Hals und zog sich zu. Die Ratte japste nach Luft. Jonathan wandte sich ab, noch fühlte er sich nicht in Sicherheit.

Er strebte auf den Lichtstrahl zu, der nur wenig heller als die Umgebung war. Das Licht kam durch ein Loch im Bohlendach und Jonathan schlüpfte hindurch. Das Letzte, was er von der Ratte mitbekam, war ihr wütendes Zischen, als sie erkannte, dass sie dem Fadengewirr wohl nicht so schnell entkommen würde.

Jonathan blickte sich um. Er befand sich auf einem roten flauschigen Teppich, in dem er fast versank. Um ihn herum scharrten Füße. Jonathan wuselte verzweifelt hierhin und dorthin, um nicht zertreten zu werden. Endlich verschnaufte er neben einer ganz still stehenden, langen Schuhspitze.

Fackeln brannten in diesem Haus und warfen unruhige Lichtfetzen hin und her. Jonathan witterte ängstlich umher.

Die Zweibeiner standen plötzlich wie erstarrt und hielten die Luft an. Stille senkte sich über die Loge.

„O mein Gott", keuchte eine Stimme.

Da polterte plötzlich etwas neben Jonathan auf den Boden. Er erschrak. Finger krallten sich unbarmherzig in sein Fell und hoben ihn in die Höhe. Er quiekte herzzerreißend. Dann spürte er einen Stich in seinem Bauch.

Der letzte Stich

Die Feuergarbe wand sich in Blau, Grün und Rot, bevor sie erstarb.

Der Magister hatte das Ventil geschlossen und seinen Rosenholzstock wieder neben sich in die Halterung gesteckt. Der Drache würde nun erst einmal kein Feuer mehr speien, denn jetzt folgten die ersten sechs Stiche. Vor dem letzten Stich sollte er noch einmal einen kraftvollen Feuerstoß hinausschicken. Er hatte zwar davor gewarnt, es sei gefährlich und das Pferd könnte scheuen, aber der Spielmeister wollte es so. Vermutlich wegen des dramatischen Effekts.

Der Magister lächelte. Er liebte dramatische Effekte. Nicht umsonst nannte man ihn den Magister Effectuum, den Meister der Effekte. „Nun gut", dachte er, „die herrischen Herren sollen ihre Schau bekommen." Er lehnte sich zurück und erwartete voller Spannung den ersten Stich.

Elias und Agathe saßen unbemerkt hinter ihm, lugten mit großen Augen über die Fässer und verfolgten gebannt Jonathans Lauf. Als die letzte Flamme aus dem Maul geschossen war, befand er sich schon längst bei der rechten, schwarzen Loge.

„Das ist falsch", flüsterte Agathe besorgt. „Er läuft zur Loge des Fürsten."

Elias winkte ab: „Er täuscht nur an."

Und richtig: Jonathan hatte sich schon abgewendet und hopste auf die königliche Loge zu.

Ritter Erkenbrand galoppierte los.

Sein weißes Pferd strahlte im hellen Bühnenlicht und schien wie Pegasus über den schwarzen Sand zu fliegen. In einem Köcher am Sattel steckten sieben Speere.

Erkenbrand zog den ersten Speer heraus, zielte, dann warf er ihn.

Der Speer surrte durch die Luft. Mit einem schmatzenden Geräusch bohrte er sich in die weiche Zunge des Drachen. Ein darunter versteckter Beutel platzte, rote Flüssigkeit spritzte heraus. Sie sah aus wie Blut.

Das Publikum raunte überrascht.

Der Magister klatschte vor Freude in die Hände. Wieder war einer seiner Effekte gelungen.

Erkenbrand wendete und nahm Anlauf zum zweiten Stich. Die Hufe seines Schimmels wirbelten den Sand auf wie Vulkanasche.

„Siehst du", flüsterte Elias zufrieden, „Jonathan hat alles verstanden. Er ist schon ganz nah an der Königsloge."

Agathe nickte, keuchte dann aber, als sie etwas Weißes vor der Maus auftauchen sah. „Was ist das?" Es sah aus wie ein weißes Tier mit blauem Schwanz. Nein, kein Schwanz, ein blauer Umhang.

„Eine Ratte", zischte Elias erschrocken. „Und sie ist riesig."

„Sie greift an", krächzte Agathe heiser.

Der zweite Speer schlug krachend in den Kiefer des Drachen. Ein Blutschwall ergoss sich über die weißen Drachenzähne.

Elias schlug sich die Hände vor den Mund. „Mein armer kleiner Jonathan."

„Beruhige dich", lenkte das Mädchen ein. „Jonathan hat einen Sprung gemacht. Die Ratte hat ihn nicht erwischt."

Die Kinder verfolgten gebannt den Kampf zwischen den beiden Tieren. Elias zitterte und fürchtete um Jonathans Leben. Agathe machte sich Sorgen um Jonathans Auftrag, um das Leben des Königs und ihres Vaters. Würde die Maus es schaffen?

Der dritte Stich traf den Gaumen des Drachen.

Das Theaterblut floss den Schaft herab und tropfte in den schwarzen Sand. Rot und reichlich. Erkenbrand ritt eine Ehrenrunde durch die Arena. Das Publikum johlte.

Agathe sog erschrocken die Luft ein, als die Ratte ein zweites Mal zubiss und die Maus nur knapp verfehlte. Glücklicherweise hörte es der Magister nicht. Das Publikum tobte, als Erkenbrand den vierten Speer tief in der weichen Zunge versenkte.

Der Magister heulte genüsslich in den Schalltrichter. Der Drache gab es laut brüllend wieder.

Das Publikum war außer sich.

„Jonathan ist unter der Loge", bangte Elias. „Ich kann ihn nicht mehr sehen. Doch diese Ratte verfolgt ihn."

Agathe legte dem Jungen mitfühlend die Hand auf die Schulter.

Sie zuckte, denn der ganze Drache zitterte plötzlich. Erkenbrand hatte den fünften Speer mit solch einer Wucht geworfen, dass er einen Zahn aus dem Maul gerissen hatte.

Das Publikum begann, den Ritter im Chor anzufeuern. Nur noch zwei Stiche, dann wäre dem bösen Drachen der Garaus gemacht.

Agathe spürte, wie ihr der Schweiß auf die Stirn trat. Unablässig starrte sie in die königliche Loge und hielt genau die Gestalt ihres Vaters und die des Königs im Blick. Doch beide rührten sich nicht, sondern glotzten nur gebannt wie alle anderen auf den Kampf zwischen Ritter und Drachen.

Erkenbrand warf und der sechste Speer zitterte wie ein giftiger Halm im Drachenmaul.

Agathe wurde immer nervöser. „Jonathan schafft es nicht", hauchte sie Elias zu.

„Warte, warte", versuchte Elias sie zu beruhigen.

„Wir haben keine Zeit zu warten."

Erkenbrand wendete sein Pferd. Heiße Dampfwolken stoben aus den Nüstern des Schimmels. Erkenbrands Finger umschlossen den letzten Speer in seinem Köcher.

Der Magister griff nach seinem Rosenholzstock.

Erkenbrand galoppierte los.

Das Gemurmel des Publikums schwoll an und ab.

Der Magister öffnete das Ventil, Gas strömte heraus. Er hielt den Rosenholzstock hinein und sofort fauchte die Feuergarbe hinaus. Sie schoss nur knapp an dem Ritter vorbei. Der Schimmel wieherte erschrocken, scheute und stieg auf die Hinterläufe.

„Ich wusste es", knurrte der Magister und stoppte die Gaszufuhr.

Doch der Ritter hatte genau damit gerechnet. Seine linke Hand griff fest in die Zügel, riss das Pferd geschickt auf den Hinterläufen herum, während die andere immer noch den zum Wurf bereiten Speer hielt.

Für die Zuschauer musste es wie Zufall aussehen, dass das Pferd jetzt in Richtung der Königsloge niederging. Und wenn die Vorderläufe auf den Boden schlugen, konnte Erkenbrand den Speer schleudern. Wie aus Versehen. Und der Speer würde ein anderes Ziel finden. Eine unglückliche Verkettung von Zufällen.

Agathe sah die Speerspitze im Bühnenlicht glänzen wie ein vernichtender Stern. „Nein!", schrie sie spitz. „Elias, tu etwas!"

Der Magister drehte sich erschrocken um. „Was? Was macht ihr hier drin, kindische Kinder? Stört meine Kreise."

Und dann ging alles ganz schell.

Im Bruchteil eines Herzschlags hatte Elias die Situation erfasst, war nach vorne geschossen, hatte dem erstaunten Magister den Rosenholzstab entwunden und ihn vor das Gasventil gehalten. Seine andere Hand griff nach dem Hahn.

Gerade als die Vorderhufe des Schimmels herabsanken und den Muschelsand aufspritzen ließen, entzündete sich erneut eine Flamme und quoll giftgelb aus dem Maul hervor.

Diesmal traf der Drache seinen Gegner. Die Flamme erfasste Pferd und Reiter. Erkenbrand schrie auf und stürzte brennend vom Pferd. Seiner Rechten entglitt der Schaft des Speeres. Die Stahlspitze bohrte sich in schwarzen Sand – unschädlich, entschärft wie ein Schwert, das in die Scheide zurückgleitet.

„Idiotische Idioten", kreischte der Magister entsetzt und rang mit dem Jungen um den Rosenholzstock.

Erkenbrand wälzte sich jammernd und heulend im Sand und versuchte, die Flammen zu ersticken. Das Pferd ging durch, die Augen weit aufgerissen, die Nüstern gebläht, Schaum vor dem Maul, Schweif und Mähne versengt.

Die Zuschauermenge hatte sich erschrocken erhoben und starrte wie gebannt auf die mit den Flammen kämpfende Gestalt. Der Drache hörte auf, Feuer zu speien, denn der Gasvorrat in den Fässern war verbraucht.

Agathe seufzte auf.

Der König war unverletzt. Er war aufgesprungen, stand hoch aufgerichtet vor dem Thron und verfolgte, wie Männer hinzusprangen, um Erkenbrand zu helfen.

Der Drache wackelte und rumorte, als würde in seinem Bauch ein Kampf toben. Doch niemand bemerkte es. Alle Augen waren auf Erkenbrand gerichtet, den die Männer jetzt mit Sand bedeckten, um auch das letzte Fünkchen zu löschen. So bemerkte auch niemand die drahtige Gestalt, die jetzt neben dem Drachenmaul erschien. Sie trug einen breitkrempigen Hut mit einer Pfauenfeder daran. Die blaugrünen Augen funkelten böse im Bühnenlicht, ebenso wie der silberne Totenkopf, den die Gestalt im Ohr trug.

Nur Agathe beobachtete, wie Hauptmann Tornstahls Finger den Schaft des Speeres umschlossen, der noch im Sande zitterte. Der siebte Speer.

Hauptmann Tornstahls Kopf hob sich, seine Augen glühten voller Hass, sein dolchförmiger Unterlippenbart schimmerte blutig. Agathe hörte – bis ins Mark erschrocken – seine leisen, zischelnden Worte: „Macht und Ruhm für meinen Fürsten!"

Dann holte er aus.

Agathe wusste nicht, was sie tat. Wie automatisch fuhr ihre Hand nach vorne und legte den großen Hebel um. Der Drachenkopf ächzte, das Drachenmaul klappte, wie von einer stählernen Feder gespannt, zu. Spitze Zähne schnappten und bekamen einen menschlichen Körper zu fassen.

Hauptmann Tornstahl schrie auf, als sich die Zähne in sein Fleisch bohrten. Zappelnd versuchte er, sich zu befreien.

Agathe atmete erleichtert auf, nur um sofort in Grausen zu erstarren. Es war zu spät gewesen. Hauptmann Tornstahl hatte den Speer noch werfen können.

Und nun flog er durch die Arena. Durch das grelle Bühnenlicht. Der letzte Speer. Der siebte Stich. Und seine tödliche Spitze zielte genau auf das königliche Herz.

Herzschlag

Alle starrten gebannt auf den Drachen. Auch Albert von Fähe konnte nicht umhin, dieses künstliche Geschöpf zu bewundern. Die glühenden Augen sahen aus wie Lavaglut, der schuppige Leib mit den riesigen, angelegten Flügeln glich einem Reptil aus einem Alptraum. Kopf und Maul bewegten sich mit schauerlicher Echtheit. Für einen Moment, als die farbenfrohen Lohen aus dem Maul stoben, vergaß Albert von Fähe sogar sein eigenes Leid.

Aber nur für einen Moment, dann machten sich die Sorgen um seine jüngste Tochter wieder breit. Er suchte die Zuschauerplätze nach ihr ab. Bei jedem schwarzen Haarschopf schlug sein Herz schneller und krampfte dann doch, weil sie nie dabei war. Wo konnte sie sein? Die ganze Zeit hielt er ein kleines Büchlein in den Händen, einen Abenteuerroman mit mehreren liebevoll gestalteten Miniaturen. Es war das Buch, in dem Agathe zurzeit las. Albert von Fähe hatte es auf ihrem Bett gefunden, aufgeschlagen, als käme sie gleich zurück, um weiterzulesen, eine Malerei mit Rittern zeigend, die gegen ein Ungeheuer kämpften. Er wusste, wie sehr es Agathe danach gelüstete, selbst ein Abenteuer zu erleben. Aber sie würde doch wohl nicht einfach aufgebrochen sein, um etwas Waghalsiges zu tun? Er traute ihr vieles zu, aber eigentlich nicht, dass sie sich heimlich wegschlich. Trotzdem pochte sein Herz voller Sehnsucht und Zweifel und die Finger krallten sich schmerzhaft in das Buch.

Den Kampf des Ritters nahm er nur am Rand wahr. Er sah zwar, wie Erkenbrand einen Speer nach dem anderen im Drachenmaul versenkte, aber er sah es wie durch einen Schleier.

Erst als das Publikum entsetzt raunte, sich erhob und auch der König neben ihm von seinem Thron aufsprang, erwachte er wie aus einem Traum und sah die brennende Gestalt des Drachenkämpfers, der sich heulend im Sand wand.

„O mein Gott", entfuhr es dem König.

Albert selbst war so schockiert, dass ihm das Büchlein aus den Händen glitt.

Trotz der dramatischen Szene in der Arena wandte er den Blick von der brennenden Gestalt ab und suchte nach dem Buch seiner Tochter auf dem Logenboden.

Zwischen seinen langen Schuhspitzen entdeckte er es. Und noch etwas. Etwas Seltsames. Eine recht groß gewachsene Maus, die … ja, sie trug tatsächlich ein weißes Tuch um den Leib. Ein ehemals weißes Tuch. Ein Tuch, das ihm irgendwie bekannt vorkam.

Er bückte sich und griff nach der Maus. Sie fiepte laut, weil er zu fest zugriff. „O, tut mir leid, Kleines, ich wollte dich nicht verletzen." Sofort lockerte Albert von Fähe seinen Griff. Die Maus blieb seltsamerweise ruhig und zappelte nicht. Er wagte es sogar, seine Faust zu öffnen. Die Maus blieb still auf seiner Handfläche sitzen und schaute ihn mit bernsteinfarbenen Augen an. Fast so, als wollte sie ihm etwas mitteilen.

„Du bist aber zahm", sprach Albert. „Was trägst du denn da um den Bauch?" Er knüpfte vorsichtig das Tuch los, ein Schauer durchlief ihn. Es war Agathes Halstuch! Kein Zweifel. Es hatte seiner Frau gehört, doch seit sie gestorben war, trug es seine jüngste Tochter. Seines Wissens legte sie es nie ab.

Und noch etwas fiel ihm auf. Es war dreckig, als sei sie damit durch eine Latrine gekrochen. Er faltete es auseinander. Der Atem stockte ihm. Auf der einzigen noch weißen Fläche war mit schneller Handschrift ein Wort geschrieben. Agathes unverkennbare Handschrift:

„Gefahr"

Gefahr für wen?

Albert von Fähes geschultes Misstrauen ergriff sofort die Oberhand. Für den König. Sein Kopf ruckte hoch und in einer Zeit, die kürzer als ein Wimpernschlag war, begriff er. Er sah die im Drachenmaul zappelnde Gestalt, die vorhin noch nicht dort gewesen war. Und er sah den fliegenden Speer. Die glitzernde Stahlspitze, die auf das Herz des Königs zuraste.

Er schnellte zur Seite, stieß den überraschten König um und riss ihn zu Boden. Keinen Augenblick zu spät, denn schon hörte er das Krachen eines schweren Gegenstands über sich. Sein Herz schlug wild wie eine Trommel.

„Albert, was soll das?", entfuhr es dem König.

„Gefahr", zischte Albert von Fähe. All sein Gram war verschwunden, seine Stimme klang kühl und befehlend, sein geflochtener Bart vibrierte energisch. „Bleibt in Deckung, Majestät."

Er selbst sah auf.

Über ihm im Holz der Thronlehne steckte der Speer und zitterte frech, aber ungefährlich.

Er erhob sich vorsichtig, rief die königlichen Wachen, die sofort einen sichernden Ring um die Loge bildeten. Endlich stand auch der König auf. Ludwig richtete seinen Blick fest und fordernd auf seinen Berater: „Erkläre dich mir."

„Ein Attentat, Majestät!" Albert wies auf den Speer.

„Woher? Und von wem?"

„Ich glaube, aus Richtung des Drachen. Und wie mir scheint, hat die in seinem Maul zuckende Gestalt etwas …"

Weiter kam er nicht, denn in diesem Moment öffnete sich eine verborgene Luke im Leib des Drachen und ein kleiner, dickbauchiger Mann in bunt bekleckstem Kittel rollte zeternd heraus in den Sand. Es sah fast so aus, als wäre er von innen gestoßen worden.

Das Publikum, das nun gar nicht mehr wusste, was es von diesem Drachenstich halten sollte, lärmte durcheinander wie eine Schar Gänse. Einige verließen ängstlich ihre Plätze. Doch die meisten sahen noch gebannt zum Drachen, der seine inzwischen bewusstlos gewordene Beute immer noch nicht losgelassen hatte. Und zu dem kleinen Mann, der aus dem Leib hervorgekrochen war wie Jona aus dem Wal. Und die meisten staunten, als auch noch zwei Kinder hinter ihm herauskletterten.

Sie waren grundverschieden. Ein Mädchen, groß und schlank, mit langen schwarzen Haaren und hübschem Gesicht, aus dem eine etwas zu lang geratene Nase ragte. Ihre stolze Haltung verriet, dass sie aus besserem Hause kam, vielleicht sogar dem Hohen Stand angehörte. Das andere Kind war ein Junge, fast einen halben Kopf kleiner als das Mädchen, mit untersetzter Statur. Das braune Haar lag kraus und verworren, die dunkelbraunen Augen offenbarten Klugheit und Tiefsinn. Seine Ohren standen etwas ab und gaben ihm einen schelmischen Ausdruck. Einer vom einfachen Volk, ganz gewiss. So verschieden die beiden auch waren, glichen sie sich doch: Dreckig und müde sahen sie aus. Und irgendetwas schien sie tief und fest zu verbinden. Ja, von der königlichen Loge sah es sogar so aus, als hielten sich die beiden bei den Händen.

Erst auf den zweiten Blick erkannte Albert von Fähe das Mädchen. „Agathe", hauchte er, und ohne dass er es wollte, rollten dicke Tränen über sein Wangen.

König Ludwig sah mit wachen Augen zu seinem Berater, dann in die Arena, schien jede Person, jedes Detail genau zu mustern. Dann blieb sein Blick an den beiden Kindern haften.

„Bringt die Kinder zu mir", befahl er seinen Wachen. „Ich vermute einmal, dass sie etwas Klarheit in die Sache bringen können."

Dann hakte er den schwankenden Mann neben sich unter und suchte nach einem stillen Raum im Schloss. Es war Zeit für ein paar klärende Worte.

Königliche Worte

Der Raum war nicht so still, wie es sich der König gewünscht hätte. Alles, was Rang und Namen am Hofe hatte, wollte wissen, was geschehen war, und drängte sich in den großen Schlosssaal, in dem auch das Bankett stattgefunden hatte. Der König hatte seufzend eingewilligt, dass so viele bei dem Gespräch zugegen waren.

Fürst Philipp drückte sich in den Schatten einer Säule und beobachtete alles mit undurchschaubarer Miene. Zuweilen zuckte seine Hand zu seiner Schulter, nur um festzustellen, dass der Platz dort leer war. Sein geliebter Hannibal war noch nicht wieder aufgetaucht.

Die meisten Leute vom Hohen Stand mussten stehen, doch die Neugierde machte das unerheblich. Der König saß weit vorne auf einem gepolsterten Sessel. Neben ihm hielt sich der Oberste Königliche Berater nur mit Mühe auf seinem Stuhl. Er hatte die Arme fest um seine jüngste Tochter geschlungen und weinte dicke Tränen der Erleichterung.

Der schmutzige Gauklerjunge in dem Flicken übersäten Wams stand etwas linkisch vor dem König und blickte sich scheu um.

„Ich denke, es ist an der Zeit, die Kinder erzählen zu

lassen", unterbrach der König die Liebkosungen seines Beraters.

Albert von Fähe nickte verlegen, nahm Haltung an und schob Agathe etwas von sich in Richtung des Königs. „Erzählt uns alles, was geschehen ist. Und am besten beginnst du mit dem Tag, an dem du verschwunden bist." Er nickte lächelnd seiner Tochter zu und unterdrückte ein Seufzen. Mein Gott, das war fast drei Tage her.

Und dann erzählten die Kinder.

Aus Agathe sprudelte es sofort heraus. Elias hielt sich erst etwas zurück, dann konnte auch er nicht mehr an sich halten.

Sie erzählten, wie Agathe von Hauptmann Tornstahl auf Befehl des Fürsten in den Kerker gesteckt worden war. Ein Raunen ging durch die Menge und Philipp zog sich etwas tiefer in den Schatten zurück. Doch der König gebot sofort Ruhe und die Kinder erzählten weiter. Wie sie sich im Kerker getroffen und befreit hatten. Wie sie geflohen waren. Wie sie im Kamin die erste Nacht verbracht hatten. Sie berichteten von den belauschten Gesprächen, von den sie verfolgenden Gardisten, dem geheimen Schmugglerversteck, der Gefangennahme durch Spucker und Rosshaar. Und sie erzählten von dem geplanten Attentat auf den König.

Wieder ging ein Raunen durch die Menge. Wieder verschaffte der König sich Ruhe, bis die Kinder alles erzählt hatten.

Nur eines verschwiegen sie. Stillschweigend waren sie übereingekommen, Leutnant Tolmera aus der Sache herauszuhalten. Schließlich hatte sie ihnen trotz der scharfen Verfolgungsjagd letztlich das Leben gerettet und sie vor der Auslieferung an den grausamen Hauptmann Tornstahl bewahrt. Aber sie wussten nicht, ob sie Tolmera einen Gefallen täten, wenn sie ihren Sinneswandel schilderten.

Tornstahl hatte man inzwischen aus den Zähnen des Drachen befreit. Er lag mit verbundenen Wunden im Krankenlager der Gardisten und war nicht bei Bewusstsein. Ob er jemals wieder gesund werden würde, stand in den Sternen.

„… und dann hat Jonathan dir die Nachricht überbracht und den König gerettet", beendete Agathe gerade ihre Ausführungen.

„Jonathan?", krächzte Elias. „Wo ist er?" Seine Stimme zitterte.

„Ja, wo ist diese kleine, mutige Maus, die mir das Leben gerettet hat?", fragte jetzt auch der König.

Albert von Fähe grinste, griff behutsam in die Tasche seines Gewandes und brachte Jonathan zum Vorschein. Die Maus sah zufrieden aus und labte sich an einem Stück Käse, das ihm Albert von Fähe von einem der Speisetische zugesteckt hatte.

Der Oberste Königliche Berater hielt ihn hoch. Jonathan stellte sich auf die Hinterbeine und schnüffelte.

Der König blickte erst die Maus, dann den Gauklerjungen an. „Darf ich?", fragte er und streckte schon die Hand nach der Maus aus.

Elias nickte.

Ludwig hielt Jonathan die geöffnete Handfläche hin.

Jonathan schnupperte kurz, dann hopste er hinüber.

Einige Damen des Hohen Standes kieksten fröhlich.

Ludwig sah die Maus mit ernsten Augen an. Jonathan sah ebenso bedeutsam zurück. „Mein lieber Jonathan", sprach der König. „Ich danke dir von ganzem Herzen. Du hast mich gerettet. Dafür stehe ich in deiner Schuld. Und in der deines Freundes und deiner Freundin."

Mit diesen Worten gab er die Maus an Elias zurück, der Jonathan innig an seine Wange drückte und küsste.

Danach befragte der König noch lange den Magister Effectuum, verschiedene Gardisten und andere Augenzeugen des Geschehens.

Auch Leutnant Tolmera musste Bericht erstatten.

Sie hatte vor der Werkstatt Wache gestanden und gewartet. Lange gewartet. Sie hatte beobachtet, wie der Magister und sein Drache die Werkstatt verlassen hatten. Wie die Männer gekeucht und geächzt hatten, als sie das Untier an den Stallungen vorbeibewegten. Wie die künstliche Echse hinter dem letzten Gebäude verschwunden war. Auch dann hatte sie noch gewartet.

Erst als sie ganz sicher gewesen war, dass der Drachenstich begonnen hatte, hatte sie die Werkstatt betreten. Nach dem Verlassen des Drachen hatte sie trostlos gewirkt wie ein leeres Nest. Und dunkel war es gewesen, denn der Magister hatte alle Lichter gelöscht. Tolmera hatte ein Öllämpchen auf einem Bord gefunden, entzündet und beobachtet, wie die flackernden Lichtfinger zaghaft in den großen Raum griffen. Dann war sie zum Bauernschrank getreten, hatte den Schlüssel hervorgekramt und überrascht festgestellt, dass sie ihn gar nicht mehr brauchte. Das Schloss war geöffnet worden und der Schrank ebenso leer wie die ganze Werkstatt.

„Das gibt's doch gar nicht", hatte sie gemurmelt und ihre Bewunderung für diese ausgefuchsten Kinder nicht ganz unterdrücken können.

Dann hatte sie die Werkstatt abgesucht, den Gardisten an der Höhlentreppe befragt und ihre Schlüsse gezogen: Die Kinder hatten sich im Drachen versteckt. Eine andere Möglichkeit gab es nicht.

Sie war zur Festwiese gerannt. Aber als sie dort angekommen war, hatte der Drache schon in der Arena gestanden und Feuer gespieen. Sie hätte ihn nicht ungesehen erreichen können. Tröstlich war, dass auch die Kinder ihn nicht einfach verlassen konnten. Falls sie sich überhaupt noch darin befanden.

Sie hatte gegrinst und den Kopf geschüttelt. Noch nie hatte jemand sie so ausgetrickst. Sie hatte beschlossen, bis zum Ende des Drachenstichs zu warten. Dann wollte sie die beiden ergreifen und an einen ruhigen Ort verfrachten, wo weder Fürst noch Hauptmann sie finden könnten. Es hatte ihr gar nicht behagt, gegen die Anweisung Tornstahls zu handeln, aber sie würde diese beiden Kinder nicht ihrer Treue opfern. Sie hatte gehofft, Zeit zu gewinnen und herauszufinden, was ihr Vorgesetzter plante.

Wie sehr war sie überrascht gewesen über das schreckliche Ende des Drachenstichs. Ein Attentat auf den König! Jetzt wurde ihr vieles klarer. Und die Kinder hatten dieses Attentat verhindert. Es war ihr recht. Zwar interessierte sie sich nicht für Landespolitik und es war ihr egal, wer das Königreich regierte. Aber einen Mord hieß sie nicht gut. Es war nicht ehrenhaft, einen unbewaffneten, chancenlosen Mann zur Strecke zur bringen. Nur das Schicksal ihres Hauptmanns, dessen Schneid und Tatkraft sie immer bewundert hatte, bedauerte sie.

Nun stand sie dem König gegenüber und antwortete äußerst geschickt. Sie sagte weitgehend die Wahrheit, aber ohne den Fürsten, ihren Hauptmann oder sich selbst zu belasten. Sie war immer noch eine Gardistin Philipps und sie war stolz darauf. Sie würde weder den König opfern noch ihren Landesherrn.

Der König ließ sie schließlich gehen.

Sie drehte sich um und sah die beiden Kinder mit einem durchdringenden Blick an. Eine seltsame Mischung lag darin: Respekt, ja fast so etwas wie Hochachtung, eine Spur Amüsiertheit und – Dankbarkeit, dass die Kinder ihren Treuebruch verschwiegen hatten.

Die Kinder sahen ihr hinterher, wie sie mit wiegendem Schritt den Saal verließ. Ihr Degen hüpfte dabei auf und ab und klimperte scharf im Gehänge. Noch einmal wehte ihr langes Haar, als sie eine Tür öffnete, dann war sie verschwunden.

Der König nahm nun seinen Bruder ins Visier und zog sich mit ihm zu einem langen Gespräch in ein Kämmerchen zurück.

Die beiden Kinder fläzten sich derweil auf ein weiches Sofa und ließen sich von Agathes Schwester Antonia die leckersten Speisen bringen. Beide hatten einen gewaltigen Hunger.

„Ich glaube, ich könnte einen ganzen Drachen verspeisen", murmelte Elias zwischen mehreren Bissen kandierten Fasans.

„Was auch gerecht wäre, wo er uns doch auch schon im Bauch hatte", gab Agathe schelmisch zurück.

Elias grinste und vertilgte mehrere knusprige Wachtelbeine. Jonathan hockte neben ihm auf der Armlehne und knabberte an einem Stück Kandiszucker, das er aus einer Schale vom Tisch gestohlen hatte. Albert von Fähe saß stumm daneben und seufzte immerzu froh.

Die anderen Gäste standen in Gruppen herum, schwatzen, tranken und aßen.

„Glaubst du, dass der Fürst bestraft wird?", fragte Elias.

Agathe dachte eine Weile nach, dann schüttelte sie den Kopf. „Ich glaube nicht." Sie wusste, dass am Hofe des Königs *politische* Entscheidungen getroffen wurden. Und diese hatten oft nichts mit Gerechtigkeit zu tun. „Wenn der König seinen Bruder bestraft, muss er damit rechnen, dass sich dessen Anhänger gegen ihn erheben. Zumindest würde es eine gewaltige Unruhe geben."

Albert von Fähe nickte ihr zu. Seine Augen leuchteten. Er hatte wirklich eine kluge Tochter. „Auf jeden Fall seid ihr jetzt außer Gefahr", beruhigte er die Kinder. „Auch wenn Fürst Philipp nicht bestraft wird, wird er euch nun nichts mehr tun. Nach dem fehlgeschlagenen Attentat besteht dazu kein Grund."

Elias seufzte, dann klopfte er sich auf den Bauch. „Ich glaube, ich schaffe noch ein paar von diesen leckeren kleinen Dingern. Wie heißen die noch?"

„Pralinen", entgegnete Agathe lachend und stopfte sich selbst mehrere gleichzeitig in den Mund. Heute würde wohl einmal niemand auf Etikette achten.

König und Fürst kehrten zurück. Philipp versuchte, ein unbewegtes Gesicht zur Schau zu stellen. Aber er konnte einen gewissen Grimm und Zerknirschtheit nicht verbergen. „Ganz wie jemand, dem das Schicksal einen herben Schlag versetzt hatte", dachte Elias.

Der Fürst würdigte die Kinder keines Blickes und verzog sich in den Hintergrund. „Vermutlich wird er seine Wut jetzt an seinen Untergegebenen auslassen", dachte Agathe und seufzte.

Der König ergriff das Wort, die Anwesenden verstummten. „Für heute ist genug geredet worden. Und ich denke, wir hatten auch Aufregung genug." Ein Lächeln umspielte seine Mundwinkel. Dieser Drachenstich war ganz nach seinem Geschmack gewesen. Auch wenn oder vielleicht gerade weil sein eigenes Leben bedroht gewesen war. „Ich denke, es ist an der Zeit, den Tag mit Tanz, Gesang und Feierstimmung ausklingen zu lassen." Jetzt schaute er Elias mit verschmitztem Blick an und fügte hinzu: „Und so lasst uns denn jetzt mit dem kleinen Gaukler ein großes Fest feiern."

Historische Anmerkungen

Ludwig und Philipp sind echte historische Persönlichkeiten. Der König Ludwig des Romans ist Ludwig XIV., der Frankreich von 1643 bis 1715 regierte. Seine Machtentfaltung, seine Bauwut (zum Beispiel Versailles), seine Liebe zu Theater, Kunst und Tanz und sein Hang zu Pracht und Prunk sind legendär und waren damals ein Vorbild für alle europäischen Fürsten. Er soll aber sehr charmant, höflich und kinderlieb gewesen sein. Im Alter bereute er sogar manche seine Handlungen und gab seinem Urenkel auf dem Sterbebett den Rat, umsichtiger zu handeln, auf sein Volk zu schauen und dessen Wohl im Auge zu haben. Ludwig und sein Bruder Philipp hatten immer wieder Streit miteinander, was größtenteils daran lag, dass Ludwig seinen Bruder nicht an der Herrschermacht beteiligte. Philipp, der von seinem Bruder immer wieder Steine in den Weg gelegt bekam, flüchtete sich in ein sehr ausschweifendes Leben. Bei seinem Tod hinterließ er hohe Spielschulden. Ob er allerdings auch Attentate auf seinen Bruder plante, ist mir nicht bekannt. Er hätte auch nach einem geglückten Attentat nicht so einfach die Macht im Königreich ergreifen können. Denn der rechtmäßige Thronerbe war zu diesem Zeitpunkt Ludwigs ältester Sohn Louis de Bourbon. Eine Beseitigung seines Bruders wäre also nur der erste Schritt zur Macht gewesen.

Auch das französische Ständemodell, dessen soziale Ungerechtigkeit schließlich zur Französischen Revolution führte, entspricht den historischen Tatsachen. Allerdings wird es hier im Roman vereinfacht dargestellt. Der „Hohe Stand", den Elias so kritisiert, umfasst den damaligen ersten Stand (= Geistlichkeit) und zweiten Stand (= Adel). Mit dem „einfachen Volk" fasst Agathe den dritten Stand (Bauern und Bürger) und die Standeslosen (Bettler, Gaukler, Schausteller usw.) zusammen. Elias gehörte also der untersten und verachtetsten Bevölkerungsschicht an.

Erfunden ist das Fürstentum Howarde. Den Drachstich aber gibt es tatsächlich, in dem kleinen bayerischen Städtchen Furth im Wald – und das schon seit Jahrhunderten. Jedes Jahr wird dort dieses imposante Theater mit aufwendigen Drachenmodellen aufgeführt. Auch für die Howarder „Unterwelt" stand die Stadt Furth Vorbild, denn dort gibt es kilometerlange unterirdische Gänge, die viele Kellerräume miteinander verbinden.

Außer Ludwig und Philipp sind alle anderen Figuren frei erfunden, könnten so oder ähnlich damals aber tatsächlich gelebt haben.

Französisch war damals die Modesprache an den europäischen Fürstenhöfen. Daher hielten in dieser Zeit viele Wörter Einzug in die deutsche Sprache. Das Wort *Roulette* als Bezeichnung für das uns heute bekannte Spiel ist allerdings erst im 19. Jahrhundert ins

Deutsche gelangt. Das Spiel selbst war um 1700 bereits erfunden. Manche Historiker schreiben die Erfindung dem französischen Mathematiker Blaise Pascal (1623 bis 1662) zu, andere siedeln den Ursprung im Italien des 17. Jahrhunderts an. Mit Sicherheit war es aber zur Zeit des Romans in Frankreich noch nicht sehr bekannt. Hier greift der Roman also der Zeit etwas voraus. Allerdings, was spricht dagegen, dass ein Junge, der bei weit gereisten Gauklern groß geworden ist, es auf irgendeinem Jahrmarkt kennengelernt und zu seinem Spiel gemacht hat?

DANKSAGUNG

Ich danke meiner Familie, die mich inspiriert und mir immer wieder den nötigen Raum gewährt, um meine Ideen zu Papier zu bringen.

Ich danke der Stadt Furth im Wald, deren imposanter neuer Drachen und deren atmosphärisches Drachstich-Theater im Herzen der Stadt mich überhaupt erst zu diesem Roman angeregt haben.

Und ich danke jenem unbekannten jungen Mann, dem ich auf irgendeinem Mittelalter-Markt begegnet bin. Mit seinem liebevoll angefertigten Mausroulette und der putzigen Wüstenspringmaus wurde er zum Vorbild für Elias und Jonathan.

Der Autor

Markus J. Beyer wurde 1967 in Plettenberg geboren. Er studierte Theologie, Deutsch und Geschichte in Bochum und Dortmund. Mit seiner Frau und seinen beiden Kindern lebt er im Sauerland und arbeitet als Lehrer an einer Hauptschule. In seiner Freizeit erzählt er seinen Kindern gerne abenteuerliche Geschichten und verfasst Theaterstücke für seine Schüler.

Er veröffentlichte bisher mehrere Kindergeschichten in verschiedenen Anthologien. Nach der Trilogie *Das Geheimnis der Weltenuhr*, *Die Magie des Weltenrings* und *Der Fluch der Weltenstadt* erscheint mit *Der letzte Stich des Drachenkämpfers* nun sein vierter Roman bei KeRLE.

FSC
www.fsc.org

MIX
Papier aus verantwor-
tungsvollen Quellen
FSC® C106847

© KERLE
in der Verlag Herder GmbH, Freiburg im Breisgau 2012
Alle Rechte vorbehalten
www.kerle.de

Umschlaggestaltung: ReclameBüro, München
Satz: Barbara Herrmann, Freiburg
Herstellung: fgb · freiburger graphische betriebe
www.fgb.de

Printed in Germany

ISBN 978-3-451-71126-8

Alfred Bekker
Im Schatten des
Sonnengottes
180 Seiten | Gebunden
ISBN 978-3-451-71125-1
Ab 10 Jahren

Der junge Echnaton ist von auffälliger Hässlichkeit und
wird deshalb am Hof seines Vaters, des Pharao Ameno-
phis, von der Priesterschaft geächtet. Als sein Vertrauter und Lehrer Ptah-Koram ermordet wird, setzt er
alles daran, gemeinsam mit Nofretete den Verantwort-
lichen zu finden. Aber er kann nichts gegen die Täter
und Auftraggeber tun. Doch als Echnatons Bruder
stirbt, wird er, der vor den Augen der Götter bisher
verborgen werden musste, plötzlich Pharao ...

www.kerle.de